EL SÓTANO DEL ÁNGEL

JOSÉ ADIAK MONTOYA

EL SÓTANO DEL ÁNGEL

OCEANO   HOTEL DE LAS LETRAS

Editor de la colección: Martín Solares
Diseño de portada: Éramos tantos

EL SÓTANO DEL ÁNGEL

© 2010, 2013, José Adiak Montoya

Este libro es publicado según acuerdo con Michael Gaeb Literary Agency.

D. R. © Editorial Océano de México, S.A. de C.V.
Blvd. Manuel Ávila Camacho 76, piso 10
Col. Lomas de Chapultepec
Miguel Hidalgo, C.P. 11000, México, D.F.
Tel. (55) 9178 5100 • info@oceano.com.mx

Primera edición en Océano: 2013

ISBN: 978-607-8303-58-8
Depósito legal: B-12741-LVI

Hecho en México / Impreso en España
Made in Mexico / Printed in Spain

9003596010613

A Rodrigo Rodríguez Borge,
por ayudarme a atrapar al ángel

Si yo pudiera unirme
a un vuelo de palomas,
y atravesando lomas
dejar mi pueblo atrás,
juro por lo que fui
que me iría de aquí,
pero los muertos están en cautiverio
y no nos dejan salir del cementerio.

JOAN MANUEL SERRAT,
"Pueblo blanco"

Algunos me preguntan qué se siente cuidar de un asesino.
No respondo mucho. Qué tal si el asesino cuidó primero de mí.

B AJÓ POR LA CALLEJA DE ADOQUINES POR LA CUAL LE
había tocado caminar desde que aprendió a dar sus
primeros pasos. Lento y perezoso, el pueblo desper-
taba como todas las mañanas de su tranquilo y perdurable
letargo, como si los engranajes del tiempo jamás fuesen a
triturar sus pequeñas casas, como si estuvieran congeladas
en un eterno y diminuto copo de nieve aislado de toda ven-
tisca, como una isla desierta. La rutina del día comenzaba
de nuevo, la gente salía de los oscuros interiores de sus ca-
sas para darle el saludo personal al sol recién nacido.

—Buenos días don Leonidas —escuchó mientras camina-
ba hacia el tope de la calle.

—Buenos días doña Matilda —una sonrisa y el gesto de le-
vantar el sombrero hicieron gracia a la viuda del doctor Se-
rrano. Con una despedida de mano alzada al aire la señora
dio por terminada su charla con Leonidas Parajón.

Tomó la derecha en el tope, siguió la calle empedrada ha-
cia el mercado y se perdió de la vista de doña Matilda.

El hombre vestía de luto todos los días. Una camisa de bo-
tones negra, de mangas largas y recogidas, pantalones negros,
zapatos y sombrero del mismo color. El pueblo se había acos-
tumbrado a las excentricidades de Leonidas, ya no causaba

extrañez para nadie verlo de negro todos los días con su sombrero de bombín. Las bromas relataban que jamás en sus treinta y seis años de vida había dejado la casa de sus padres. Leonidas era visto como un frágil hombrecito al que había que proteger y alimentar, un fantasma vestido de negro. Se detuvo en las roídas y abarrotadas callejuelas del mercado para respirar hondamente, no soportaba los espacios reducidos. Sacó del bolsillo de su camisa una tarjeta:

MARIACHI HERMANOS MARTÍNEZ

PARA TODA CLASE DE EVENTOS

MERCADO PRINCIPAL SECCIÓN D, MODULO # 4.

Hacía mucho que el formalismo de la dirección había desaparecido en el mercado del pueblo: nadie recordaba cómo se llamaban las secciones ni dónde se encontraban los módulos. Todo era más fácil en el mercado nuevo que se había ido formando a lo largo de la carretera que partía en dos a Los Almendros, donde todo era una línea recta.

—¿Dónde queda Mariachi Hermanos Martínez? –preguntó Leonidas en el primer local del mercado que se topó con la vista.

Luego de un par de minutos de seguir indicaciones dio con el reducido módulo. Un letrero de madera desvencijado y casi ilegible por el tiempo anunciaba el nombre del local. Dentro, un hombre gordo y de bigotes espesos dormía en lo profundo de su traje negro de mariachi. Leonidas se preguntó por qué tenía el traje puesto a esa hora pero descartó sus raciocinios al instante.

—¿Buenos días? –inquirió, temeroso de despertar al robusto músico. El hombre osciló somnoliento una vez más y abrió los ojos, desorientado–. Disculpe que lo despierte.

—No se preocupe caballero, es mi trabajo –su voz fina hacía aún más amable y delicado su modo de hablar.

—Quiero arreglar una serenata –Leonidas pareció enrojecerse por un segundo.

—Eso lo hacemos bien fácil, amigo.

Mientras hablaban llegaron dos músicos más, flacos y ya canosos, de esos que han consumido sus vidas en las cuerdas de las guitarras. Se alegraron de ver un cliente tan temprano, una sonrisa más de ambición que de amabilidad se les pintó en el rostro al hacer contacto visual con Leonidas. Bajo la benemérita mirada de un robusto mariachi que los observaba inmóvil y sonriente desde un cartel en la pared, hablaron por casi quince minutos, resolvieron los detalles del negocio.

Leonidas salió del mercado satisfecho, aunque un ligero sentimiento de culpa iba apoderándose poco a poco de su pecho; miró al cielo e intentó despejar la culpa: luego de algunos minutos sólo la alegría invadía su rostro. Miró a su alrededor: la mañana apenas comenzaba, el pueblo en su convulsión matutina semejaba un hormiguero sin sentido. Como todos los días, no tenía gran cosa que hacer y pensó que hubiera sido mejor despertarse mucho más tarde.

E N LA HABITACIÓN HABÍA DECENAS DE ÁNGELES DE
todas las nacionalidades, de todos los tamaños y esti-
los, los ojos fijos y muertos de la cerámica y la porce-
lana se incrustaban en la cama apostada contra una de las
paredes de la habitación.

Elia López aún dormía sola, había dormido sola. Aún
después de casi dos años tortuosos no podía rendirse a la
avasallante lentitud de la espera prolongada. Aunque los
acostumbrados ruidos matutinos empezaban a escucharse
en la casa que recién despertaba, las frías sábanas mañane-
ras la mantenían en su letargo mientras decenas de ángeles
la observaban dormir.

Por mucho tiempo la colección de ángeles había sido
una pasión sin freno, año tras año eran los regalos asegu-
rados de sus familiares en cada ocasión. Numerosos pre-
tendientes se convirtieron en novios fugaces gracias a tan
singulares regalitos con alas, novios que desechaba aburri-
da luego de un tiempo, pero cuyos ángeles permanecían
con ella hasta la fecha.

El primer ángel de Elia llegó a ella el día que cumplió quin-
ce años. Fue un regalo de su madre, un pequeño ángel ita-
liano hecho a mano por un artesano de apellido Montefiori,

un ejemplar fino que en realidad parecía haber bajado de las espesuras etéreas del paraíso, su cara pálida con un ligero rubor en las mejillas, el cuerpo envuelto en una ondulante túnica celeste y blanca, cabellos rubios y ojos marrones. Ahora su colección descansaba petrificada en el interior de una vitrina inmensa dentro de su habitación, ángeles exhibiéndose al fantasma de la ausencia que revoloteaba dentro de la casa.

Vivía sola con su criada, que a la vez había sido su nana de crianza desde sus primeros años. Pallina Pérez era una mujer en la cual el tiempo parecía haberse estancado, a juzgar por su energía inagotable y su fuerza de roble.

Elia López había llegado a Los Almendros en uno de sus inviernos de lodo perpetuo. Hacía dos años que llegó a ocupar la casa en la que había vivido por años inmemoriales la familia del alcalde difunto y eterno del pueblo, Matías Campos. Una morada parecida a las demás, como si todas hubiesen sido escupidas desde algún cráter llameante de la tierra en algún momento remoto y vetusto para estancarse con la misma forma y postura.

Luego de despertar y mirar desolada su santuario de ángeles, se desperezó de los últimos vestigios del somnífero que había tomado la noche anterior, los últimos vestigios de ese sueño químico que la tumbaba. Entonces se dirigió a la sala, donde la Pallina Pérez ya estaba en su afán de limpieza matutina, con un trapeador empapado de agua.

—Buenos días, Niña. ¿Cómo amaneció?

—Bien, Pallina.

Esos eran sus saludos cotidianos de tantos amaneceres a través de los años. Pallina Pérez había aprendido a verla con el mismo sentido protector con que se ve a una hija y cuidaba de ella como lo único que le quedaba en el mundo a sus más de sesenta años de vida.

Elia López salió al patio, donde sólo había un poco de hierba menuda que se extendía a partir de unos arbustos cerca de la fachada. Era una mujer inmensa, pero carcomida por una espera insondable, sola a pesar de sus aires de diosa. Respiró el aire purificado y limpio del pueblo y pensó en Eric Jacobson.

EL PUEBLO HABÍA DORMIDO POR SIGLOS, TODO parecía haberse estancado. Las casas habían permanecido como un espejismo mohoso de tiempos mejores, de los tiempos previos a la carretera, como un cuadro antiguo pintado por temblorosos ancianos raídos. El pueblo entero vivía en deuda con la laguna, pues los únicos visitantes de Los Almendros venían inspirados por ese inmenso charco verde esmeraldino, por ese volcán de antaño, dormido en el fragor eterno de las brumas del pueblo. El turismo se limitaba a visitar la magistral laguna al costado este del poblado... hasta que llegó la carretera. La comenzaron a construir tres años atrás, despertando con el beso brusco de los taladros y las aplanadoras al pueblo dormido por lo que habían sido demasiados años de abandono. La carretera conectaba a la capital con diversos balnearios del país, así que un día, de la nada, después del primer automóvil que la cruzó nunca cesó de pasar sobre ella una ruidosa línea sin fin de autos de toda clase.

Leonidas Parajón había visto con placer de gato hambriento cómo Los Almendros se iba llenando en cuestión de meses de puestos de abarrotes, ventas de artesanías y puestos de frutas a lo largo de la carretera. Luego estos fueron cruzando la entraña central del pueblo hasta formar un pequeño mercado independiente del mercadito principal, que había existido desde los tiempos en que sus padres aún gateaban. Leonidas siempre había querido escapar de ese pueblo absurdo y olvidado, se veía a sí mismo como un cosmopolita fracasado. La carretera para él fue la promesa de una ciudad moderna, para la mayoría había sido una mancha larga y oscura que desvirtuaba la tranquilidad desértica del pueblo.

Un año después de que pasara por la carretera el primer automóvil, que todos habían alegado ver de todos los estilos y colores según la versión de quien lo contara, se abrió al público el único beneficio consensual de la construcción de la carretera: el Mirador Las Brumas, un barsucho eleganteado a la fuerza en las altas orillas de la laguna al que Lalo Elizondo, el propietario, le gustaba llamar restaurante. Abierto al público con el fin de que los viajeros pudieran bajarse a comer, beber algo y disfrutar el panorama de aquel gran ojo verde de agua mansa en el fondo del pequeño valle que se desplegaba a la vista. Era allí donde se reunían las tertulias del pueblo, era allí donde Leonidas Parajón con su eterno luto gastaba su ocio de décadas.

Era de noche, las brumas ya se habían adueñado con su arrastrar de anfibio lento de todas las calles del pueblo. Leonidas Parajón apresuraba un cigarrillo mientras esperaba en la esquina de la cuadra de su casa que los mariachis lo llegaran a recoger. Ya no sentía frío, había aprendido a controlarlo como a una fiera domada y convertida en un minino indefenso. En sus años de vida había aprendido a perderle el miedo a muchas cosas que le habían atormentado desde su niñez extraviada entre horas amargas.

A través de la densa niebla vislumbró los dos focos débiles de la camioneta junto al ruido destartalado del motor prehistórico, les hizo señas y se detuvieron al momento de verlo.

—¿Ya está listo, don Leonidas? —la voz fina y tenue del mariachi del mercado le inquirió con ánimo.

—Desde hace rato los estoy esperando —contestó Leonidas con su voz lineal y glaciar de toda la vida mientras se subía a la tina del vehículo con el resto del conjunto.

Arrancaron siguiendo la calle que subía a los altos bordes del pueblo, todos sosteniéndose a sí mismos y cuidando sus instrumentos, aferrándose a ellos como el salvavidas que los auxiliaría en el naufragio.

—¿Usted es hijo de don Heliodoro Parajón, verdad?

Leonidas volteó la mirada y vio al músico que sostenía el contrabajo, el instrumento parecía gigantesco para su cuerpo decrépito que pasaba por poco los sesenta años.

—Sí, ¿usted conoce a mi papá?

—Hijo, desde que tengo memoria tengo esto pegado a las manos —dijo haciendo un énfasis en el pesado instrumento—. Yo tocaba en las serenatas que tu papá le dedicaba a tu mamá.

Las serenatas interminables que don Heliodoro Parajón dedicó a Eugenia de Asís habían sido una leyenda palpitante en el pasado de Los Almendros; en noches infinitas de bruma el joven Heliodoro pasaba horas fuera de la casa de Eugenia gastando su voz de tenor frustrado hasta que la garganta áspera del muchacho parecía hacerse sangrar y se iba callando tan tenuemente y poco a poco que a la madre de Leonidas, como habría de decirle años después, siempre le dio la impresión de que se desvanecía. Habían sido noches de un antaño borroso y sin carreteras, fue en una de esas mismas noches cuando Eugenia y Heliodoro se juraron, en los bordes de la laguna mansa, un amor eterno que casi cuatro décadas después les parecía inverosímil y que trataban de disimular bajo la costumbre de estar juntos a pesar de todas las adversidades cruentas que tuvieron que pasar.

Tuvieron dos hijos: Leonidas y Bruno. Tiempo después de sus nacimientos, las serenatas legendarias fueron borradas de la memoria del pueblo y remplazadas por episodios más aciagos y difíciles de la familia. Casi cuarenta años después de aquellas noches de amor frenético de su padre, mirando al raído y triste músico, Leonidas tuvo la impresión de ver una pieza de su propia historia, un trozo de su misma existencia sin significado y desapercibida por el mundo.

La camioneta subía forzada, tronando su motor contra el silencio clandestino del sábado de niebla en que Leonidas Parajón repetiría la historia de su padre con uno de los músicos originales de las serenatas nostálgicas que provocaron los suspiros de su madre.

Leonidas empezó a ver en la distancia cercana la casa de Elia López y un temblor ligero, ajeno al frío, comenzó a envolverle el cuerpo. Los músicos ya apretaban más fuerte sus instrumentos en los momentos previos de la serenata.

El automóvil cargado pisó el jardín de la casa de la mujer ansiada y las luces de la casa muerta se fueron prendiendo una por una. Para entonces Elia ya se había asomado discreta a través de la gruesa cortina de la ventana que daba al patio, para poder identificar al visitante nocturno. Un temor visceral se apoderó de ella cuando sólo pudo columbrar la sombra de media docena de hombres invadiendo su propiedad. Retrocedió temerosa hasta toparse con la puerta de la habitación.

Leonidas sintió por primera vez en la vida una vergüenza caliente cuando todos los músicos se pusieron en formación para tocar como lo habían practicado con él unas seis veces en el claustro infernal del mercado.

Las trompetas tocaron junto a las guitarras un bolero perdido de años olvidados. Leonidas tuvo el instinto animal de correr hacia cualquier otro lugar del mundo, no había heredado el valor sensual de don Heliodoro, aun menos su voz de tenor pueblerino. Era tarde: ya había empezado a cantar con su graznido de pájaro vespertino. *Virgen de media noche, cubre tu desnudez...*

Elia distinguió entonces entre las trompetas potentes aquella voz inconfundible del diario *Buenos días, doña Elia,* y supo que Leonidas Parajón, el triste hombre de negro que levantaba su sombrero en un gesto cordial cada vez que se topaban, al fin y contra todo pronóstico había vencido su timidez antártica. Sintió entonces una lástima pesada por el hombre desgraciado.

Salió de su cuarto mientras la voz de gato mimado de Leonidas Parajón seguía inundando sin malicias la casa entera. En la sala se encontró a la Pallina Pérez ya en sus ropas de dormir, con los ojos encendidos en un fuego de odio.

—Esto es una falta de respeto, niña Elia —dijo indignada al ver a su patrona—, esta gente no tiene respeto.

—Tranquila, es Parajón, la gente ya sabe que el hombre está loco.

Elia tuvo el incontenible deseo de dejar cantando a Leonidas hasta que se acabaran las cuatro canciones que probablemente había pagado a los mariachis.

—Sé que está loco, pero a mi niña me la van a respetar —entró a su cuarto y el sonido del revoltijo inquietante de cosas alertó a Elia.

Pallina apareció de nuevo fuera de su habitación con una enorme correa de cuero empuñada en su mano derecha y atravesó la sala como un brutal relámpago. Elia sabía que sería imposible apartarla de su meta terca.

La música sonaba en el patio, despertando a la noche misma con su estruendo de guitarras galopantes y trompetas en algarabía en el momento en que la puerta principal se abrió. Leonidas Parajón pudo ver entonces la silueta robusta de una mujer colérica que se abalanzó contra los músicos repartiendo correazos potentes y sonoros, destruyendo la canción mientras gritaba con su voz alborotada que eran unos irrespetuosos, que si no se daban cuenta que la señorita era una mujer comprometida, comprometida con un hombre como el que nunca llegarían a ser algún día.

Leonidas aguantaba el fuerte vendaval de fajazos mientras los músicos, despavoridos ante la aparición de la fuerte mujer, se habían montado todos en la camioneta y habían encendido motores. Cuando Leonidas logró escapar de su escarmiento de amante impedido, apenas pudo alcanzar la camioneta en marcha donde los músicos adoloridos le gritaban improperios a la distancia a Pallina Pérez, que dentro de su rabia incesable corría con sus lentas fuerzas de mujer obesa tras la destartalada camioneta de mariachis, hasta que la distancia fue tanta que cayó exhausta sobre sus gruesas rodillas.

La camioneta de los mariachis dobló la esquina de la larga cuadra de la casa de los Parajón y dejaron a Leonidas en el mismo lugar donde lo habían recogido.

—Por ésta nos paga doble, don Leonidas –dijo entre risas el mariachi decrépito de las serenatas antiguas–; a su papá nunca le pasó una vaina como ésta.

Los mariachis en sus tertulias nocturnas recordarían por siempre la noche certera en que la Pallina Pérez les había dado una paliza de cuero por llevarle serenata a una mujer comprometida, las risas inundarían con esa historia sus largas madrugadas de músicos de amor.

—Gracias –fue lo único que atinó a decir Leonidas, con una voz triste de balón desinflado.

El motor viejo volvió a inquietar la tranquilidad de la noche en el momento que los mariachis se perdieron a lo largo de la calle, Leonidas caminó los pasos que le faltaban para su casa con una decepción que le comenzó a temblar en el pecho como un volcán líquido. Mientras abría la puerta, las lágrimas abundantes le iban ardiendo en el rostro ensopado en sal. Entró a la casa, cerró tras de sí la puerta disimulando sus sonoros sollozos y con cuidado de no despertar a don Heliodoro Parajón y a doña Eugenia de Asís, que dormían tranquilos en la única habitación del piso de arriba.

4

Don Heliodoro Parajón despertó con los albores del día, como lo había hecho en casi todos los amaneceres de su vida. Advirtió que doña Eugenia ya no permanecía en cama y su lado del colchón estaba alborotado con las sábanas aún calientes del cuerpo de la mujer. Cuando abrió los ojos, el mismo sol de siempre le hirió las retinas sensibles. Se incorporó con un movimiento difícil para sus sesenta y cinco años cumplidos y pronunció la primera palabra del día, que había sido la primera palabra de muchos amaneceres:

—¡Eugenia!

Se quedó quieto, como esperando su propio eco, erguido cuan largo era en sus calzoncillos celestes y su camisola hollada por minúsculos agujeros producidos por años de cloro. Tomó los pantalones que la noche anterior había puesto sobre su escritorio y repitió el llamado a su mujer mientras se los ponía sentado en la cama.

Eugenia de Asís, cinco años más joven que su marido, estaba en el piso de abajo ocupándose de las limpiezas matinales de la sala. Barría al compás de la radio que despedía *Duérmete, Curro*, de La Perla de Cádiz, en el programa matinal de los domingos de antiguas bulerías y flamencos españoles, que doña Eugenia rehusaba a perderse a cualquier alto costo. Barría con ademán de bailes españoles que alguna vez le vio realizar con destreza a su madre andaluza cuando era una niña escuálida del pueblo remoto en el que seguía viviendo, en esa misma sala carcomida por el tiempo y los tantos desvaríos que había tenido que vivir con Heliodoro. En cuatro décadas de matrimonio, esa casa la había visto en casi todos los amaneceres de su vida, desde sus días infantiles y después de su noche de bodas, cuando don Heliodoro se fue a vivir con ella y sus padres consagraron como primer escenario de amor el cuarto pequeño donde ahora, años después, dormía Leonidas.

Mientras la mujer cantaba inspirada por los coloridos recuerdos de su madre, Leonarda Balladares, don Heliodoro bajaba las escaleras y la sorprendía con la mirada nostálgica con que la había sorprendido tantas veces por tantas cosas.

—Eugenia, tengo una hora de estarte llamando.

—Es que tenía el radio encendido y no te escuchaba. ¿Cómo amaneciste?

—Bien, con dolor de cuello, dormí en mala posición.

Cuando estuvieron frente a frente, los dos se vieron furtivamente, reconocieron sus rostros cotidianos, se percataron de las arrugas del otro. Casi como por un instinto natural de la tristeza, la mujer se atrevió a decir:

—Falta una semana.

—Yo sé, vos sabés bien que no se me olvida nunca.

—¿Y qué vamos a hacer? –preguntó la mujer, a pesar de ya conocer la respuesta.

—Pues lo mismo de todos los años.

Los dos tuvieron la extraña sensación de que la vida se les

iba pasando acelerada mientras hablaban. Heliodoro abrazó a su mujer, que dejó escapar un sollozo ligero.

Don Heliodoro Parajón desayunó lentamente huevos revueltos mientras doña Eugenia terminaba de limpiar la sala con un trapeador empapado de líquido para piso que le molestaba la nariz a ella y que siempre tuvo sin cuidado a don Heliodoro, tan acostumbrado a tantos olores de químicos y remedios en su larga vida de farmaceuta. El hombre había estudiado medicina cuando era un joven recién egresado del bachillerato en la única universidad que daba la opción de ciencias médicas en el país, apoyado por una beca directamente otorgada por el Presidente de la República y que Heliodoro supo derrochar al cabo de un par de años entre la vida fácil y despreocupada de los burdeles capitalinos y los juegos de azar. El padre de don Heliodoro nunca le perdonaría haber malgastado aquella oportunidad legendaria en la familia.

Cuando el hombre terminó su desayuno, Eugenia de Asís limpió con un trapo húmedo el retrato de Bruno Parajón que colgaba de la pared. Al terminar se quedó viendo la foto del infante con una nostalgia de madre indefensa. Bruno había sido el segundo hijo del matrimonio después de Leonidas, cuando la vida aún les daba el rostro de la paz. En la foto Bruno Parajón sonreía convertido para siempre en un niño.

—Esa nostalgia te va a matar, Eugenia —el marido se había levantado de la mesa y abrazaba a su mujer. Los dos observaban ahora absortos el retrato del hijo.

Leonidas aún dormía en su habitación, adolorido de los fajazos que la Pallina Pérez le había logrado atinar y continuaría su sueño profundo hasta los últimos resquicios de la mañana, mientras que sus padres se ahogaban en sus nostalgias de tiempos felices.

De pronto, frente a la foto, la antigua pareja tuvo la certera impresión de que habían pasado demasiados años sin que aquel niño sonriente correteara sobre el piso de la casa.

5

L EONIDAS PARAJÓN APARECIÓ EN EL MIRADOR LAS Brumas pasada la una de la tarde con su diaria estela de descanso excesivo. El lugar a esa hora estaba casi lleno y se servían los almuerzos entre cervezas frías. Era un rancho gigantesco con paredes de barro sucio y un piso embaldosado con descuido. Había alrededor de quince mesas con sillas de plástico que se esparcían a lo largo y ancho del local y una barra con cinco taburetes a lo largo de ella. Al fondo, una baranda hecha con cruces de cedro barnizado, justo al borde de una pendiente desde la cual se podía ver con su esplendor ancestral la laguna verde y reposada de siglos.

Cuando Leonidas entró, de luto casual y con su bombín de inglés anacrónico, buscó de inmediato a Martín Ruiz. Pasó su vista por cada una de las mesas pero no vio a su compañero de tertulias.

Fernanda Uzaga, la muchacha de catorce años que atendía las mesas cuatro días a la semana, vio desde la barra la decepción creciente de Leonidas.

—¿Busca a Martincito, don Leonidas? –le gritó mientras se acercaba con su paso acompasado.

—Sí, Fernandita. ¿No ha venido?

—No, no ha venido hoy, pero no debe tardar –le clavó sus grandes ojos de lince–. Si quiere lo espera, hay varias mesas.

Leonidas se abrió paso entre el vapor espeso del lugar siguiendo el cuerpo de la muchacha con la que había gastado muchas palabras desde que ella había sido una niña, y su abuela, Florencia Miranda, amiga eterna de doña Eugenia de Asís, la llevaba a su casa a que la acompañara en sus visitas. Leonidas, de veintisiete años, era quien se encargaba de entretener con toda clase de juegos a la pequeña Fernanda Uzaga, hasta que llegaba la hora de despedirse de doña Eugenia, mas para entonces Fernanda quería quedarse por siempre con Leonidas Parajón. Se había reído con él desde que tenía memoria.

—Gracias, acá lo voy a esperar –dijo Leonidas, ya sentado en una mesa.

—No se preocupe, pídame lo que quiera –contestó Fernanda, con la sonrisa de luz que le pintaba el rostro cada vez que estaba frente al hombre de negro.

—Ahorita nada, si necesito algo te llamo.

Fernanda Uzaga se alejó entonces moviendo sus caderas y ondeando su largo pelo azabache. A Leonidas le pareció muy lejana la imagen de la niña que le mereció tantos cuidados alguna vez.

Fernanda no se percató de los ojos hinchados de Leonidas, que este supo esconder bien bajo el ala de su sombrero negro para que la niña no los notara. Se había acostado llorando lágrimas ardientes, había estado la mayor parte de la noche atormentado en el recuerdo tibio de Elia López. El vaho indeseable de los zancudos previos al invierno le había hecho más insoportable la meta imposible del sueño, que vino con los primeros albores del sol. Despertó poco antes del medio día y encontró a su madre aún postrada frente al retrato infantil de su hermano. Se alistó con un baño de aguas tibias, vistió su uniforme de luto perpetuo y salió para el mirador. El recuerdo de la noche anterior le venía carcomiendo como sarro picante y lo mordió feroz en el primer pensamiento del día.

Se levantó de su asiento con una solemnidad de huesos doloridos, igual que lo hacía su padre, y por el impulso de las fechas y del tiempo se acercó esquivando las mesas que se confundían en los olores variados de la comida, a la baranda de cedro. Posó sus manos sobre la madera y observó con la vista baja la ligera pendiente; elevó los ojos y miró la laguna verde con el respeto de años: un vértigo ligero le revolvió el estómago. Había aprendido a perderle el miedo a muchas cosas, pero nunca había podido despegarse del miedo de años que le tenía a la laguna, no podía ni siquiera acercarse a una extensión grande de agua estancada porque un temblor nauseabundo le subía desde las piernas hasta la punta del esófago.

Cerró los ojos para apartar la imagen terrorífica de aquella laguna mortífera, pero esta quedó flotando en la oscuridad de sus párpados. Fue entonces cuando sintió la mano familiar de Martín sobre su hombro izquierdo. Abrió los ojos y allí estaba, con su cabeza ladeada hacia la derecha, su sonrisa descontrolada y un grueso hilo de baba colgándole del borde de la boca: su único amigo en el mundo.

—¿Qué pasa, Leo? –preguntó de manera entrecortada, por su impedimento en el habla.

El recuerdo de Elia le cruzó por la cabeza, destrozándole todo su esquema de vida: la evocó con la falda larga de encajes que escondía su figura regordeta, con su pelo trenzado en las tardes doradas del pueblo. Y le bastó una sola palabra para explicarle al amigo la razón de su cara inflamada de desvelo y amor:

—Elia.

Martín entendió todo, a pesar de las limitaciones de su cerebro adormecido. Había nacido con retraso mental y desde pequeño fue el paria de decenas de hermanos, desperdigados por todos los rincones del país.

—¿Para qué estás viendo la laguna? –preguntó intrigado Martín–. A vos no te gusta, esa laguna a vos no te gusta.

En realidad Leonidas evitaba el contacto visual con aquellos miles de litros de agua estancada. Para él ese mirador concurrido del pueblo tenía la infernal desventaja de aquella vista que otros consideraban magistral.

Leonidas Parajón no contestó a su amigo y se le abalanzó en un abrazo fraterno. En su mente cientos de imágenes de su infancia se le vinieron como espectros oscuros de su pasado y la figura mesiánica de Elia López lo condenaba por su amor ridículo, recién declarado en la serenata de la noche anterior. Desde la barra Fernanda Uzaga observaba intrigada la escena de los dos amigos. El corazón dio un salto en su pecho, ante la tristeza desconcertante de Leonidas.

Aquella amistad era reconocida como negativa en el pueblo. Leonidas Parajón, el solitario deudo de todos los días, loco seguramente desde hacía mucho tiempo, y Martín Ruiz: el bobo monstruoso al que nadie se había acercado con intenciones de amor o cariño en sus veintiséis años de vida, que según los médicos que atendieron su caso ya eran muchos más de los que debió haber vivido.

Después de don Heliodoro y doña Eugenia, Fernanda Uzaga y Martín Ruiz eran las únicas personas que tenían más de un ápice de cariño por el extraño y contrariado ser que era Leonidas Parajón, y por lo tanto sabían de su pasión secreta por Elia López.

Fernanda, desde hacía casi un año, solía oír al pasar las confidencias de amor de su amigo en las horas vivas de la madrugada de vientos helados, cuando ya el Mirador Las Brumas estaba casi vacío y la bruma se arrastraba por el embaldosado del piso. Leonidas confiaba en la muchacha, le tenía un cariño cálido de tío a la fuerza, y a su vez ella era la única persona sobre el mundo que sentía una admiración férrea por aquel individuo inútil, al que amaba como su mejor compañero desde aquellos días de juegos infantiles, cuando la cargaba sobre sus hombros de árbol encorvado y la hacía viajar a reinos extraterrestres.

Entonces Martín Ruiz recordó el plan de la serenata e inquirió a su amigo sobre el homenaje triste a Elia López. Leonidas le contó los detalles de la serenata infausta y de cómo la criada de Elia había espantado a todos con su fajón de matrona fracasada. Le fue contando los pensamientos que lo traían con temblores desde el momento de acostarse en su cama de hielo la noche anterior: sentía que no podría darle la cara a Elia por el resto de su vida, pero sentía el ardor de su gigantesca herida de amor enloquecido, gritándole que no había que cesar en sus intentos de quedarse con aquella mujer colosal.

Alrededor de las ocho de la noche Leonidas seguía escupiendo sus amargas penurias con Martín. A esa hora, como muchas otras veces, una de las hermanitas menores del muchacho irrumpió en el bar y en la conversación para llevarse a Martín porque su madre no lo dejaba estar fuera de casa hasta muy pasada la noche, y se lo llevó de la mano, dando tumbos con sus pasos torpes y su cuerpo encorvado hasta salir por la puerta, hacia la noche mansa de brumas. A Leonidas nunca le había quedado claro si Martín era capaz de entender y procesar todo cuanto le confiaba en medio de sus ardores, pero lo escuchaba con la atención de un acólito ferviente.

Cuando Leonidas Parajón estuvo solo en la mesa, lo abordó la voz de Fernanda Uzaga.

—El domingo es la misa.

—Sí, ya son veinticuatro años –Leonidas contestó con voz trémula–. ¿Cómo sabés?

—Me dijo mi abuela, usted ya sabe que aquí esas cosas no se le olvidan a nadie.

—Sí, ya hablaron con el padre Miguel, pero esos son enredos de mi mamá, a mí no me interesa.

Fernanda tuvo la intención de sentarse pero en ese momento vio entrar por la puerta a Lalo Elizondo, su jefe, que inmediatamente la reprendió con una mirada de fuego. Ya le había dicho otras veces que no le gustaba que perdiera el tiempo de trabajo con el gato manso y demente que era Leonidas Parajón, así que le regaló un gesto de adiós a Leonidas y tuvo que posponer sus intrigas para más tarde. Regresó veloz a servir órdenes y a secar con un trapo la barra ya inundada de cervezas a esas horas.

Leonidas pensó entonces en Bruno Parajón, su hermano, y de alguna forma sintió que la laguna se movía, agitada. Hacía veinticuatro años que lo habían encontrado flotando boca abajo en aquellas aguas, fue el último ahogado, y Leonidas sentía que de cierta manera la laguna se seguía alimentando, un cuarto de siglo después, con la carne de niño de su hermano muerto.

6

FAVORECIDA POR LOS PRIMEROS RAYOS DEL SOL recién nacido, Eugenia de Asís terminaba de hacerse su moño voluminoso en el pelo blanco y de acomodarse su chal frente al espejo en la habitación que empezaba a clarear. Don Heliodoro dormía en medio de unos profusos ronquidos y el resto de la casa descansaba en somnolencia. Bajó las escaleras hacia la sala, se persignó frente a la foto del hijo muerto, la rozó levemente con los dedos y se besó la mano. Salió de la casa y encontró la calle fresca y apaciguada, con pocas gentes madrugadoras que caminaban solitarias hacia su jornada de espaldas rotas. Bueno, se dijo, ahora tengo que buscar un taxi. Cuando vio al automóvil acercarse a ella hizo una señal con sus brazos cansados. Ya el sol empezaba a alumbrar la vida del pueblo con más fuerza.

—Lléveme a la Casa de Retiro Divino Niño –y el auto arrancó entre ecos de un motor destartalado.

Don Heliodoro despertó solo en su cama una hora después y supo que su mujer estaba en el asilo. Doña Eugenia iba una vez por semana desde tempranas horas a ayudar al personal de mantenimiento de esa casona que su madre edificó. Aunque después de la muerte de doña Leonarda

Balladares la familia de Asís no tenía ningún poder sobre el asilo y la administración se había ido pasando de alcaldía en alcaldía, Eugenia siempre iba de manera religiosa a hacer labores a la inmensa casucha triste, como en un tributo perpetuo al fantasma de su madre. Esta mujer ya me abandonó por los viejitos, solía decirse Heliodoro al ver la cama semivacía, ya se fue a aquella casona inmunda.

Eugenia ya estaba acostumbrada a aquellas paredes mohosas y esas tablas de madera a medio podrir. La señora de la limpieza, que hacía las veces de enfermera y acomodadora, vestida con un uniforme blanco amarillento salió a recibirla efusiva, como cada mañana que Eugenia de Asís hacía sus visitas al asilo.

Había nueve internos, todos del pueblo, viviendo entre sus incomodidades de ancianos olvidados. La Casa de Retiro del Divino Niño de Los Almendros descansaba silenciosa de su fracaso temprano, como recordando a sus antiguos huéspedes pudientes con una mueca. Hasta decían que un general retirado de la guardia del dictador había estado un mes en aquellas camas y aquel patio ahora muerto y se había ido, como los demás, ante la escasez inmensa que Leonarda Balladares y el fallecido alcalde Matías Campos no supieron prever, y así el asilo se fue llenando de viejos pesarosos del pueblo, condenados perpetuamente a comer una papilla espesa en todos sus alimentos y a ser favorecidos una o dos veces por semana con la sombra encorvada de Eugenia de Asís, que envejecía tanto cada año que ya comenzaba a parecer uno de ellos. Así era que muchas mañanas como aquella la casa de los Parajón se despertaba sin el favor de la presencia de la matriarca gris que era doña Eugenia.

Don Heliodoro Parajón conoció a doña Eugenia de Asís en los tiempos en que había abandonado sus años de tortuosos estudios y su familia lo repudiaba como un vago indigente, sin ningún interés en ganarse la vida por sus medios. Entonces Eugenia de Asís asistía de interna a un colegio de monjas atrasadas en la capital, en el que también estudiaba Claudia Parajón, la hermana menor de Heliodoro, y fue por esos medios comunes que el joven sin oficio cayó herido de amor por los modos de fémina maciza de Eugenia. Heliodoro tenía entonces veintidós años y Eugenia de Asís diecisiete.

Eugenia regresaba los fines de semana a su pueblo, dejando atrás cinco arduos días de internado caluroso y sofocante, en los que se comunicaba con Heliodoro Parajón mediante febriles cartas de amor entregadas a través de Claudia. Pocos meses después Heliodoro hizo su primer viaje al pueblo de Eugenia de Asís para visitarla en la casa en la cual habría de vivir hasta el fin de sus días. Fue en esa época que el hombre inspirado por su amor desesperado empezó a buscar soluciones para su problema de vago empedernido y cortó de un tajo con los burdeles de carnes fáciles, que no volvió a visitar nunca más. Pasaba días enteros con su afán de médico frustrado, revisando catálogos de pastillas y medicamentos, al tanto de cada novedad en avances de medicinas para cualquier padecimiento. Desde entonces se le venía formando en la cabeza la idea de abrir una farmacia.

Por aquellos días Eugenia de Asís, aunque correspondía sus cartas, parecía ser esquiva a las pretensiones de Heliodoro y se daba a entender como una mujer difícil para los cariños mas allá de cualquier intención sincera de amistad. Mientras tanto, Heliodoro había conseguido un empleo como dependiente en una farmacia capitalina, en su meta de mejorar su condición económica para poder costearse el amor de Eugenia de Asís. Fue con esos primeros dineros ganados que Heliodoro pagaba las serenatas legendarias que postraba en los jardines de la casa de la familia de Asís. Recogía a los mariachis en la camioneta de su padre todos los últimos sábados del mes y los llevaba hasta el pueblo de Eugenia, en aquel entonces entre las difíciles callejas de tierra y piedra de Los Almendros; dejaban la camioneta aparcada casi a un kilómetro de la casa de los Asís y tenían que seguir a pie con los instrumentos a cuestas. Fue entonces cuando le hizo saber de sus intenciones ya casi concretadas de abrir una farmacia con su inexperta experiencia médica y los conocimientos que había adquirido en las decenas de catálogos que leía como novelas de suspenso mientras estaba de turno en la entristecida droguería en la que laboraba.

Eugenia de Asís aceptó al pretendiente en su casa y terminó por ceder a sus encantos de seductor. Tuvieron un romance arduo y corto, hasta que una noche de un verano cálido descubrieron sus cuerpos. Bajaron tomados de la mano a los bordes de la laguna, que en aquel entonces tenía un pequeño muelle para barquitos de juguete, y una rústica escalinata de piedra que el tiempo se encargó en destruir luego de que algunos años después fuera clausurada para cerrar el paso a otras tragedias, como la de un niño que se había ahogado en sus aguas traicioneras. Fue así que en aquel resquicio de Los Almendros donde solían ir a hacer el amor, Heliodoro Parajón y Eugenia de Asís se juraron amor eterno ante el mundo de sus besos de fuego.

Se casaron dos meses después en la iglesia de Los Almendros, ante sus familias sonrientes de gozo. Luego de muchas dificultades fue Heliodoro quien terminó por irse a vivir a casa de Eugenia, de donde no habría de salir jamás. A los seis meses, como le había prometido más a su suegro Alejandro de Asís que a su esposa, don Heliodoro instauró la primera farmacia del pueblo.

La Farmacia Parajón de Asís abrió sus puertas al año del casamiento, justo a tiempo para remediar las gripes monumentales de las gentes que ya no tenían que viajar al pueblo vecino para conseguir las medicinas. Por los años restantes de la farmacia don Heliodoro fue motivo de burla de sus amigos porque el nombre del negocio sugería que él era la mujer en el matrimonio y su mujer era el hombre.

En los primeros cinco años de unión habían decidido no tener hijos, no se sentían preparados para la responsabilidad gigantesca, y en esa resolución parecían encontrarse para el resto de sus vidas por un simple desinterés mutuo y tal vez un temor escondido, cuando sin previo aviso de ningún tipo Eugenia salió embarazada.

Leonidas nació ese invierno, durante los últimos días de vida de su abuelo Alejandro de Asís, el padre de Eugenia, que aún tuvo el tiempo de cargar en su lecho de muerte al infante, y marcarlo inconscientemente con sus olores de años añejos y de muerte segura.

Sus primeros dos años Leonidas Parajón los había vivido con su abuela y sus padres, en aquella casa a la que la viuda recién estrenada y su marido habían llegado de España escapando de los conflictos que habían sumergido a su patria y al Gobierno de la II República en una cruenta guerra civil teñida de sangre, así que habían encontrado ese resquicio del mundo en Los Almendros para criar a su única hija, mientras seguían de lejos las noticias convulsionadas de la patria lejana a la que nunca habrían de volver.

Habían vivido la vida tranquila y placentera en el recuerdo del antiguo señor madrileño que vigiló por décadas la casa desde un magistral retrato de bigotes enroscados en la sala, al que Leonarda Balladares llenaba de flores coloridas y variadas en cada aniversario de su muerte por los años que le restaron para llorarlo.

Dos años después de Leonidas, Eugenia de Asís estuvo encinta de nuevo con su segundo y último hijo: Bruno Parajón de Asís, el cual nació predestinado para la muerte luego de un parto difícil en el que su madre luchó arduamente para expulsarlo ante los nervios a flor de piel de don Heliodoro. Después de varias horas el niño llegó al mundo con un llanto de profecía fatal que sólo habría de repetir nueve años después, cuando un accidente infausto le arrancó el brazo derecho.

Don Heliodoro y doña Eugenia vivieron sin percances sus primeros años felices de padres nuevos, asistidos por la boca sabia de Leonarda Balladares, que se dormía cantando viejos flamencos, mismos que en su voz sonaban más antiguos.

Doña Leonarda murió meses antes de la brutal tragedia de la laguna, consumida por una gripe incurable que se resistió a cualquier medicamento que don Heliodoro pudiera recetar y a los cuidados constantes del doctor Abelardo Serrano. Todos la lloraron con lágrimas diluviales y la fueron a dejar en su soledad de difunta a la helada loza del cementerio del pueblo, donde habrían de regresar meses más tarde ese mismo año de oscuridad a dejar el cadáver frío de Bruno Parajón.

Don Heliodoro y doña Eugenia comprenderían más tarde que sus vidas de amores juveniles, de risas y noches sin fin habían terminado con el nacimiento aciago de sus dos hijos, que su periodo de desgracias había comenzado en el momento en que su primogénito aspiró su primera bocanada de aire y que esa pena más oscura que un bostezo en la noche no habría de terminar para ellos ni aun después de muertos.

7

EN INVIERNO LOS ALMENDROS SE CONVERTÍA EN una laguneta convulsionada de lodo. Todas las personas sacaban a relucir entonces sus numerosos pares de botas de hule que utilizaban para vencer los suampos nutridos que debían atravesar para llegar a cualquier parte. Y sobre todo había bruma: la bruma se arrastraba por las calles de Los Almendros casi todas las noches del año pero en invierno cargaba todas sus fuerzas de espesura dormida, que luego de los aguaceros torrenciales arremetía contra el pueblo dejando las calles a ciegas, se metía en las casas y en los cuartos llenándolo todo de nubosidad. La laguna se rebalsaba pero nadie podía saber a qué punto, hasta que el sol disipaba la niebla lo suficiente al otro día para verla desde el mirador en lo hondo del cráter dormido.

Fue en uno de esos inviernos que Leonidas Parajón había visto por primera vez a Elia López. Una lluvia tenue, que no impedía a nadie salir de sus hogares, caía con frescor contra los tejados mohosos y en ruinas de las casas del pueblo cuando do ella entró a la farmacia Parajón de Asís, donde Leonidas atendía los fines de semana para que su padre pudiera descansar. Llevaba un vestido blanco y largo que bien podía ser un camisón de dormir camuflado por un grueso abrigo azul

que escondía la parte superior de su cuerpo de esbelta farao-
nisa; tenía el pelo en marañas por el desvelo, una nariz roja y
acuosa de mocos. Preguntó por el mejor remedio para la gripe.

Leonidas Parajón la observó con disimulada naturalidad,
escondiendo que por dentro su corazón de hielo palpitaba
cada vez más acelerado. El encuentro duró unos segundos
más que el minuto, pero los ojos de Elia se quedarían flotan-
do en la memoria de Leonidas hasta el último de sus días.
Se había despedido de él con una sonrisa cómplice luego de
que Leonidas le diera el jarabe de moda que don Heliodoro
había traído por montones porque en invierno el pueblo en-
tero se agripaba como en una peste.

En los días siguientes Leonidas se topó con ella algunas
veces y ella le sonreía como agradecida por haberla curado
de su enfermedad de pelusa.

Comenzó a indagar sobre la vida de la mujer que nunca
había visto en sus más de tres décadas en Los Almendros. Fue
así como, entre las tertulias insomnes del Mirador Las Bru-
mas, se dio cuenta de que acababa de llegar al pueblo, como
muchos otros lo hacían, para escaparse del bullicio absurdo
de las urbes, para encontrar un palmo de tranquilidad en el
pueblo al que, para bien o para mal de sus habitantes, el río
de asfalto había dado una identidad simbólica a través de los
años en el mapa de la nación como un lugar paradisíaco para
vivir, y no como un poblado de paso para ir al mar en la Sema-
na Santa cuando la capital entera y el resto de las ciudades se
desbordaban a los amplios y variados balnearios del Pacífico.

Elia López era ocho años menor que él. Estaba compro-
metida con un gringo rico al que nunca nadie le había vis-
to la cara y se había ido a vivir sola con su criada de niñez,
la Pallina Pérez, a la casa de dos pisos que ocupara por años

la familia del difunto alcalde, mientras esperaba el regreso del prometido que según decían andaba de viajes importantes en el extranjero.

A Leonidas Parajón no le importó nada de lo que le contaron en innumerables tertulias noctámbulas acerca de la mujer y su novio de misterio al que nadie conocía. El deseo de hacerse de ella se iba adueñando de él como una nube espesa y oscura, cada vez más potente al pasar de los minutos.

Elia López había visto a Leonidas Parajón como un ser más del puñado de anónimos que caminaban disolutos por las calles de brumas eternas de Los Almendros, para ella no había sido nada más que el hombre que le había dado el jarabe para la gripe en la farmacia. Poco a poco, mientras se compenetraba en la vida del pueblo, se enteró de su nombre y de sus excentricidades, que se rodeaba de personas extrañas y muchas veces se reunía con un retrasado mental, El Bobo, al que el pueblo discriminaba con burlas infantiles, y sobre todo, lo más raro de todas las cosas que le habían parecido raras del hombre: todos los días del mundo desde hacía más de dos décadas no se despegaba de un luto perpetuo en su vestir.

Se lo topaba con demasiada frecuencia en muchos lugares y siempre se repetía la misma historia: en el momento que sus miradas se cruzaban, él inclinaba su cuerpo en una reverencia victoriana y risible mientras se quitaba su sombrero redondo y le daba los buenos días. Elia no podía evitar sentir lástima por él, le devolvía el saludo con la misma reverencia para seguir su juego fuera de tiempo, después se perdía en cualquier lugar y no volvía a pensar en él un solo segundo hasta su próximo encuentro.

Pallina Pérez llevaba a casa de Elia todas las noticias del pueblo como si fueran novelas policíacas y las contaba a su patrona en medio de emociones y conmociones. Elia escuchaba atenta dependiendo del tamaño del chisme. Fue así como más tarde habría de enterarse, entre muchas otras historias familiares, de cómo el hombre de negro que la había atendido la primera vez en la farmacia había perdido un hermano menor, ahogado en la laguna cuando ambos eran unos niños, y que desde entonces había comenzado una serie de problemas complicados para su salud física y mental; de cómo habían realizado innumerables viajes a la capital a fin de curarlo de su esquizofrenia y de unos potentes ataques convulsivos. Todos en el pueblo atribuían, como en efecto era, su luto perpetuo a la muerte del hermano. Con el tiempo, una vez curado de sus arranques esquizofrénicos había regresado a caminar por las calles del pueblo como un ocioso que nunca se fue de la casa de sus padres y que doña Eugenia de Asís habría de justificar con el argumento de que no podían dejarlo solo por su enfermedad ya superada, aparentemente, desde antaño.

Cuando Elia López supo toda la historia, sólo terminó por aumentar su lástima por aquel hombre que había sufrido tantas desgracias en su vida de inútil, y que todos en el pueblo habrían de comparar con una sombra, como la sombra de un pequeño ahogado que se rehusaba a irse de la memoria del pueblo, era por eso que el acceso a la laguna aún seguía prohibido desde aquel año en que Bruno Parajón había muerto.

Fue cuando supo todas estas cosas sobre aquel hombre de misterio encorvado, que Elia López se dio cuenta de que se lo topaba con demasiada frecuencia en cualquier lado, en encuentros que no podían ser casuales sino sólo planeados por su mano de fantasma.

8

A L DÍA SIGUIENTE DE LA SERENATA FRUSTRADA ELIA
López despertó, mucho más tarde de su hora acos-
tumbrada, de un sueño turbulento y difícil. Recordó
todo. Cuando la Pallina Pérez había regresado al borde de
un ataque cardíaco luego de perseguir la camioneta de los
mariachis en fuga, la reprendió por su acto sin escrúpu-
los. Ella casi sin aliento le había dado sus razones, sin lograr
justificar su comportamiento exagerado y sin control.
Hablaron hasta tarde, gracias al sueño espantado por la
media canción de las trompetas y los guitarrones sorpresivos.
Hablaron del hombre. Hablaron de Leonidas Parajón.
Una lástima honda se apoderó de Elia: nunca desde que ha-
bía sentado sus bases en Los Almendros para esperar a Eric
Jacobson, aquel hombre minúsculo había tenido un com-
portamiento reprochable con ella, así que hizo ver a la Palli-
na que no había sido necesaria la inmensa humillación por
la que lo había hecho pasar.

Desde que Elia López comenzó a notar que le atraía a
Leonidas Parajón, por sus maneras de buscarla en cualquier
lugar y topársela mediante casualidades camufladas que le
causaban algo de gracia, sintió por él un cariño lastimero.
Lo veía como a un niño enamoradizo de una mujer mayor

e imposible, a pesar de que Leonidas aventajaba por un año a Eric Jacobson. Cuando ella iba a la farmacia solía platicar con él de cosas simples: los ojos oscuros del deudo eterno se llenaban de una luz ilusoria y envolvía a Elia en una cortina de fantasías innumerables.

A ella nunca le molestó ser querida por él. Le parecía que aquellos sentimientos morirían recónditos en el ser obtuso de la farmacia de los domingos, y así había pensado en los dos años que llevaba de tratar a Leonidas Parajón como a un conocido amable, hasta que descubrió su voz envalentonada en medio de la serenata.

Acostada en su cama le parecía un sueño nebuloso todo lo ocurrido. Pensó entonces en el amante lejano: ¿qué pensaría Eric de todo aquello?

Esa pregunta bastó para que comenzara a rumiar su recuerdo. Lo había conocido tres años atrás cuando, luego de mucho tiempo de proponérselo a sí misma, había entrado a la universidad. Su vida antes y luego de la muerte de su padre se había convertido en un balance entre acompañar a su madre en casa y llevar una activa vida social. Tenía muchas amigas, amigos y varios pretendientes a los que disfrutaba ver absortos tras sus piernas anchas que de cuando en cuando cedía gustosa al más convincente de los galanes que, sin dudarlo una sola vez, se envolvía en la anchura de su carne. Luego de algún tiempo, cansada de esta vida improductiva, logró entrar a la facultad de derecho. Para entonces, uno de sus pretendientes se había convertido en poco más que un compañero formal para ella, pero las cosas cambiaron cuando su grupo de clases asistió a la conferencia de derecho laboral que impartiría en su facultad un estadounidense llamado Eric Jacobson. Ambos quedaron bajo el encanto del otro, ella de su inteligencia y amabilidad, él de su cuerpo y su dulzura. Al poco tiempo de la conferencia, el joven con quien solía salir lloraba su ausencia en el nicho que Elia había formado en la cama de su habitación. Ahora su vida la dedicaba a Eric.

Se levantó con una pereza de huesos cansados. Los ángeles la miraban despertar como siempre desde su vitrina inmensa. Se acercó entonces a ellos y dejando atrás los pensamientos del enamorado ridículo los contempló con ternura y orgullo. Observó los años de su vida resumidos en aquella colección insólita de piezas sin vida, aquellas decenas de ángeles muertos de todos los estilos, intentó recordar cuál de todos ellos había sido el último en entrar a su colección. Repasó su vista acusadora sobre todos, escudriñando sus caras para descubrir al más joven. Y lo encontró, en efecto: un pequeño querubín de nalgas al aire y sonrisa de niño inocente. Se lo había enviado como regalo Eric Jacobson hacía unos meses. No le había sorprendido. Estaba acostumbrada a que ése fuera su regalo perpetuo. Cualquier persona que la conociera le obsequiaba ángeles de cerámica en las fechas especiales. Lo contempló con su vista de ternura inflamable y quiso ver a Eric. Lo pudo imaginar con sus gustos toscos en busca de un pequeño angelito en cualquier mercado perdido de Europa. Lo imaginaba sosteniendo aquel querubín desperdigado de cabellos inmóviles de yeso, lo imaginó empacándolo en papel celofán tal como ella lo había recibido al otro lado del mundo.

Luego de ponerlo en su lugar, y confundirlo entre las otras piezas de su colección se dio cuenta de que hacía mucho tiempo que no alimentaba su repertorio con un ejemplar nuevo, con un hermano menor con quien divertirse en sus noches de vida inmóvil. Decidió entonces ir a buscar cualquier angelillo en el mercado formado a la fuerza a lo largo de la carretera.

Cuando salió de su cuarto la Pallina Pérez estaba tumbada en un sueño profundo en el sofá acolchonado de la sala, con su cuerpo de angelón y su cara de carrillos remarcados luego de su labor de limpieza. Se despertó al sentir las pisadas descalzas de su patrona cruzar la habitación, se dieron los saludos respectivos y, con su mejor cara de mujer arrepentida, la Pallina le pidió disculpas por su actitud de la noche anterior. Había pasado toda la madrugada en vela pensando en el desgraciado hombre que ya demasiado había sufrido en la vida con la muerte del hermano.

—Pobre hombre –atinó a decir la Pallina, en medio de su arrepentimiento.

Elia López sólo pudo asentir con la cabeza, y salió con una mueca pesarosa en el rostro. En su mente ya sólo estaba fija la idea del ángel nuevo que iría a buscar al mercado de la carretera.

9

L A CASA DE LOS PARAJÓN PARECÍA SER ETERNA, NO
había cambiado salvo en minúsculos detalles desde
que don Heliodoro, con sus aires de esposo nuevo,
había entrado en ella cuarenta y un años atrás, ante la vista complaciente de Alejandro de Asís y Leonarda Balladares. Era una estructura de cemento de dos pisos. Su espacio interior daba la sensación de inmensidad dentro de su pequeñez. Se notaban varias capas de pintura en su fachada atractiva de casa española a la fuerza, que don Alejandro había modificado desde que la compró para pasar ahí el resto de sus días. Era una casa sobria, sin pretensiones de aparentar más: el piso superior, que sólo consistía en la habitación matrimonial, tres habitaciones con pisos de madera a nivel de la calle y una ventana en cada una de las piezas para la ventilación del aire fresco del pueblo; una sala mediana de paredes altas con un piso embaldosado, llena de cuadros antiguos, con fotos de antepasados anónimos; un solo cuarto de baño y un sótano sombrío bajo la habitación de Leonidas, que todas las generaciones ocupaban como bodega para cosas que la memoria tenía el afán grandioso de olvidar.

Había sido en esa casa de siglos apresurados donde nació Bruno Parajón en un parto difícil en el que se creyó, por unos segundos, que el niño había muerto asfixiado por su cordón umbilical enroscado en su cuello diminuto, hasta que el doctor Serrano con sus manos enjuagadas en sangre propinó una nalgada potente en el trasero del bebe, arrancándole su primer llanto.

Bruno había nacido sin que le afectara la sombra tenue de su hermano mayor, de dos años de edad, que se ocupaba más de sus juegos de ocio infantil que de poner atención a aquella criatura extraña que había llegado a la casa, expulsada del vientre abultado de su madre. Todos en la casa, sin embargo, estaban fascinados con la nueva criatura que llenaba las madrugadas con llantos inconsolables.

Desde los primeros momentos Leonarda Balladares se hizo cargo, en su papel de abuela alcahueta, de darle cariños incontables al niño, y así lo hizo hasta el día de su muerte de anciana prematura, cuando acababa de cumplir los sesenta años. La mujer siempre evocaba el sentimiento pesaroso de que su marido no hubiera conocido a su segundo nieto, pues había muerto dos años antes. Al que sí alcanzó a ver fue a Leonidas, se lo habían llevado a su lecho triste de muerto unas cinco horas después de nacido y lo cargó con sus últimas lágrimas tibias escapándose por sus ojos. Murió unos días después, a sus casi setenta años vividos, sin haber regresado a España de su exilio forzado.

Ante todos aquellos años la casa daba la impresión de haber permanecido estática en el tiempo, como si al cambiar las cosas de lugar se fueran a ir volando en bandada los recuerdos de tantos años. Así había permanecido, igual que aquella tarde que ya comenzaba a parecer remota dentro de los caudales del tiempo en que Bruno Parajón llegó con el brazo derecho cercenado frente al grito de espanto de doña Leonarda.

Había sido después de una tarde de escuela. Leonidas tenía once años, doña Leonarda cosía con fervor en su butaca unas calcetas gruesas para los inviernos del yerno cuando el accidente ocurrió.

Bruno y Leonidas estudiaban la primaria en el Colegio de la Iglesia de Nuestra Señora de la Asunción, cercana a la casa. La escuela era una armazón de madera y concreto anexada a la iglesia añeja: allí habían soltado sus primeras risas cándidas, que habrían de ser las únicas en sus vidas. La escuela terminaba sus clases antes del medio día y la calle principal de Los Almendros se llenaba de escolares con los colores de la patria correteando hasta sus casas. Los dos hermanos se iban caminando entre correrías y brincos durante poco menos de dos kilómetros, aunque en contadas ocasiones los recogía durante su trayecto, a raíz de sus súplicas infantiles, don Leandro Artola, un campesino de sombrero imperecedero que acarreaba leña y vivía a las afueras de Los Almendros. Todos los días cruzaba el pueblo en una carreta enclenque, tirada por dos bueyes escuálidos. Los dos niños habían cultivado una amistad insigne con el carretero en las numerosas ocasiones en que el hombre los había llevado montados en la carreta hasta la puerta de su casa. Don Heliodoro y doña Eugenia nunca, hasta aquel día azaroso, se habían percatado de que don Leandro el carretero se ofrecía a veces para llevar a sus hijos. Aquella tarde, don Leandro Artola los alcanzó cuando habían avanzado pocos metros y los niños subieron en la carreta.

Con su inquietud infantil ninguno de los dos dejaba de brincar en la endeble carreta y fue por culpa de un juego inocente que Bruno había tropezado. Cayó de bruces sobre la plataforma de madera de la carreta y empezaba a deslizarse cuando Leonidas lo asió del pie, medio cuerpo del niño quedó suspendido en el aire, don Leandro no se había percatado de nada y los bueyes seguían su marcha; fue entonces cuando el brazo izquierdo de Brunito Parajón se enredó fatalmente en una de las ruedas de la carreta que con su peso potente se lo partió a la mitad ante un grito de dolor y espanto punzante que se escapó de la boca del niño.

Don Leandro detuvo la marcha cuando escuchó el alarido. Por la fuerza de la rueda Bruno fue derribado de un golpe colosal contra el piso. Cuando don Leandro lo vio padeció la úlcera más aguda y el desfallecer más estremecedor que habría de padecer en su vida: el niño en el piso estaba al borde de la inconsciencia y soltaba unos tenues quejidos, le hacía falta el brazo derecho que fue arrancado a la fuerza, se le notaban los huesos rotos en mil astillas, bajo un charco de sangre espesa que no paraba de manar. La rueda de la carreta chorreaba unos espesos hilos de sangre oscura y bajo la rueda estaba el miembro infantil en una posición de descanso de sus infaustas fracturas. A don Leandro lo devolvieron a la realidad los gritos desesperados de Leonidas.

Tomó al niño entre los brazos y lo subió de nuevo a la carreta. En medio de su confusión reaccionó ante la idea de rescatar el brazo cercenado, dio un golpe a los bueyes, que caminaron unos cortos pasos perezosos, y el brazo muerto quedo libre del peso del carruaje y la leña; lo tomó con sus manos y subió de nuevo presuroso, lo puso sobre su regazo y arrancó lo más rápido que pudo castigando a los bueyes raquíticos.

—Agarrálo fuerte, ¡no lo soltés! –aquellas palabras que le dijo don Leandro en esos momentos de confusa desesperación y dolor habrían de seguirlo por siempre.

Al carretero le temblaba el estómago junto con el resto de su cuerpo fornido, su cabello oscuro aún denotaba con esfuerzo una docena de canas desperdigadas. Su mente volaba con el niño muriéndose tras de sí en los brazos del hermano. Apuraba la carreta al borde de la resistencia de los bueyes cenicientos hasta que al fin, en las que parecieron ser horas de largo desfallecimiento, llegó presuroso a la casa de los Parajón.

Leonidas lloraba en una mueca de dolor mientras su hermano ya inconsciente reposaba pálido y sereno sobre sus brazos, don Leandro se lo arrebató y corrió al interior de la casa gritando que le había ocurrido un accidente al niño; Leonidas con sus piernas débiles de nervios siguió al hombre.

Doña Leonarda Balladares empezaba a bordar las calcetas de don Heliodoro en el piso de arriba. Escuchó los gritos desesperados que se abrían paso en la casa pero no distinguía las palabras confusas ni reconocía la voz. Entonces bajó. Allí vio la escena espantosa. El nieto yacía inconsciente, con un brazo cercenado, en los brazos de un hombre anegado en lágrimas.

Su horror fue de proporciones espaciales ante la confusión sanguinolenta: pensó que estaba muerto, no reconoció al hombre que lo traía, ¿Dónde estaba Leonidas?, Heliodoro y su hija estaban en la farmacia, ella estaba sola. Un fuerte temblor la sacudió en una corriente violenta que subió por sus pies y se apoderó de sus piernas, cayó sentada en las escaleras pero la idea de salvar al nieto no le permitió perder el conocimiento. Se levantó inmediatamente y pensó en el doctor Serrano.

El doctor Abelardo Serrano había sido por algunos años el único médico establecido en Los Almendros. Su consultorio de madera de pino tierno era visitado a caudales por todos los pueblerinos que le pagaban al doctor ya fuera con dinero, gallinas u otro favor. El consultorio estaba bastante dotado con equipos en contraste a la crisis médica que atravesaba el país. El doctor Serrano se había caracterizado por ser un hombre dadivoso y amable; al igual que Heliodoro Parajón, era un capitalino que se había casado con una mujer del pueblo y habría de pasar el resto de su vida en Los Almendros.

Leandro Artola entró alterado a la farmacia Parajón de Asís, su cara estaba inmóvil en un gesto de cansancio y llanto. Cuando vio a doña Eugenia de Asís y a don Heliodoro, su garganta se atoró en un nudo pesado y las palabras le salieron cortadas. Les dijo entre lágrimas que Brunito estaba donde el doctor Serrano y les refirió todo sobre el accidente con la culpa que lo persiguió por siempre.

Cuando los padres del niño llegaron al consultorio de Abelardo Serrano entre lágrimas y pálpitos de corazones descontrolados, vieron a doña Leonarda desplomada en una silla de plástico, rezando entre dientes.

Bruno Parajón yacía sobre la cama del quirófano improvisado del consultorio. El médico le había administrado unas inyecciones anestésicas en la herida brutal y algo para reanimarlo. El niño comenzaba a recobrar la conciencia. Sin hacer caso de quienes pretendían detenerlo, don Heliodoro entró a la habitación y observó a su hijo de nueve años con el brazo herido envuelto en unos vendajes empapados en sangre, un ajustado torniquete apretaba lo que aún quedaba de extremidad. Su primera reacción fue abrazar a su hijo aturdido por el desfallecimiento.

Los llantos potentes de Heliodoro le raspaban el corazón a doña Eugenia, que permaneció en la otra habitación.

Leonidas escuchó a su padre gritar improperios contra la providencia divina y se escabulló hacía el quirófano espontáneo, vio al hombre fundido a su hermano casi ido de la vida sobre la camilla manchada de sangre, y aquella imagen le revolvió las entrañas.

Había que llevar al niño a un hospital de la capital para que recibiera mejores tratos. Como explicó el doctor Serrano, era un milagro que no hubiese muerto, había perdido una cantidad exuberante de sangre pero ya no había nada que hacer por su brazo, el cual descansaba marchito, envuelto en unos trapos manchados. Esa misma noche lo llevaron al Hospital Nacional de Pediatría donde, entre tantas cosas, rehicieron la sutura en lo que quedaba del brazo herido.

Había sido la tragedia más dolorosa en la familia. Bruno Parajón pasaba las horas en cama, enraizado a las sábanas, sintiéndose un ser gris e inferior a los demás niños: la escuela había terminado para él. Su nueva vida de triste niño amputado le había borrado las sonrisas diarias a toda la familia. Doña Leonarda sentía que una parte de ella había muerto y pasó los últimos días de su vida intentado alegrar al nieto manco, pero Bruno Parajón había perdido entre las ruedas de la carreta sus risas inocentes.

Leonidas había entrado en una depresión estática que le quitaba toda su inquietud de niño y de pronto lo convertía en un adulto a la fuerza. Sentía un mar de lágrimas anegar su garganta temblorosa cuando escuchaba a su hermano inconsolable llorando por su desgracia de manco adolorido.

Una nube gris se asentó de manera permanente sobre la casa.

10

ELIA LÓPEZ NUNCA CONOCIÓ EL PUEBLO ANTES DE LA carretera. Nunca, realmente. Había pisado sus calles de forma distraída algunas veces de camino a las playas, pero jamás vio aquellas polvaredas inmensas que se levantaban con revuelo, haciendo pesados remolinos de tierra que se anidaban en cualquier rincón de las casas estáticas. Jamás conoció aquel pueblo perpetuamente dormido en las brumas de sus tranquilidades, sólo estremecido sordamente por el ruido de la chicharras en el verano. Había llegado después, como todo lo que había llegado con la carretera: compradores de tierra en aquel paraíso nebuloso y fresco en las alturas apartadas de la capital bulliciosa, un par de hoteles de paso que también servían de restaurantes y el mercado pintoresco que se fue formando de manera progresiva a lo largo de la autopista.

Había llegado allí a sufrir sus amores melancólicos por Eric Jacobson, aún lo recordaba rubio ante el sol de oro, con aquellos ojos claros jurándole su vida entera. Hacía dos años que no lo miraba y a diario salía al porche de su casa a imaginar que llegaba entre la bruma. Eric había comprado la casa y Elia, en su afán de independencia de la oscura morada materna, decidió mudarse con él en una resolución que le sorprendió a ella misma. Había decidido esperarlo en la casa donde iban a vivir una vez que él regresara de su gira obligada por el mundo en asuntos de trabajo.

Recordaba orgullosa de sí misma el día en que fue a buscar a Pallina Pérez, a la que tenía años de no ver y de la que sabía que vivía en una soledad miserable. Entró por aquella puerta con sus aires de niña grande ante la sorpresa de lágrimas de la robusta mujer mayor y le contó todos sus planes. Su madre no se opuso dentro de su orgullo: Ya es una mujer, ya ella sabrá lo que hace, ya va a venir llorando arrepentida en un mes. Pero ya habían pasado dos años y Elia parecía cada vez más cómoda en su soledad de Los Almendros.

Su madre le había dicho adiós con una carta ferviente y rememorativa de sus años infantiles, pero no movió ni un nervio de Elia, ni siquiera cuando le mencionó cálidamente la memoria de su padre. Vivía en la casa pensando en su hombre, entre cientos de ángeles curiosos que los mirarían hacer el amor mil veces en su habitación de amantes recién encontrados. Al principio dormía plácida entre sueños donde sus carnes se revolvían, pero luego de un tiempo, gracias a la soledad y la nostalgia del cuerpo de Eric, el sueño comenzó a hacerse esperar en sus noches, las horas se volvieron largos bostezos de aburrimiento y un insomnio tenaz se adueñaba de ella. Esas noches sin descanso eran vencidas por fuertes somníferos que compraba en la farmacia de don Heliodoro. Con las pastillas lograba un sueño químico y placentero que le duraba hasta el día siguiente. Así pudo seguir su vida de espera en Los Almendros.

Cuando llegó al pueblo quedó prendida de sus brillos de paz eterna. Alabó la sabiduría de Eric por haber comprado aquella casa armoniosa en la que podrían vivir tranquilos, a distancia de los ajetreos cosmopolitas. Inmediatamente se convirtió en la dueña, en su juego de la perfecta casada. Siempre había sido una mujer independiente y libre en todos los sentidos: desde sus años no tan lejanos de universidad había gozado de total independencia. Su madre nunca pudo oponerse, en su soledad de viuda a la antigua, después de que su marido muriese de un tortuoso y prolongado cáncer en la garganta, oxidada por sus décadas de fumador despiadado.

En Los Almendros no le hacía falta nada. El pueblo se había convertido en una ciudad en miniatura donde uno podía suplir todas sus necesidades sin caer en añoranzas excéntricas y exuberantes de la vida capitalina. A Elia nunca, en sus dos años en Los Almendros, le hizo falta algo imprescindible para vivir... hasta aquella mañana, al día siguiente de la serenata fracasada, en que decidió que necesitaba un ángel nuevo para su colección.

Se había ido al mercado en los últimos estertores de la mañana, había decidido caminar hasta allá para respirar la frescura del invierno que estaba próximo a derrumbarse sobre el pueblo en cualquiera de esos días; se había hecho una densa cola con su pelambre de hembra imposible y había caminado las cuadras que la llevaban hasta la carretera. Caminó sobre esa calle de asfalto hasta que unos minutos después se encontró sobre el mercado: un centro de compras sencillo y lineal que se recorría con meticulosidad en poco más de media hora, formado por tramos de verduras, *souvenirs*, ropas y comida, entre otras cosas útiles para seguir el viaje en auto rodando por la carretera.

Fernanda Uzaga se hallaba entonces en sus menesteres de búsqueda de verduras para el almuerzo en el Mirador

Las Brumas cuando vio entrar con su andar de robusta princesa olvidada a Elia López, y acariciar con su mirada los estantes amplios de cerámica artesanal. En el momento que la vio pensó en los tormentos de amor que Leonidas Parajón le había confesado en tantas madrugadas perdidas en las mesas heladas del Mirador.

Elia López recorría con sus dedos finos toda clase de cerámica que se ponía frente a sus ojos. En su mayoría representaban recuerdos típicos del país para que los extranjeros rubios que llegaban a montones pudieran llevarse un trozo de la patria a sus tierras lejanas. Luego de rebuscar dio con una sección de ángeles variados en distintos estilos. Tuvo el deseo, como lo había tenido tantas veces, de llevárselos todos, pero pensó que lo más sensato sería escoger uno por el momento. Se decidió por un espécimen raro: un ángel masculino de barro, vestido con los trajes típicos del folclor del país. Unas alas anchas y abundantes de plumas sobresalían de su espalda rasgando las ropas, nunca había visto algo tan curioso. Le pareció original y decidió que se integraría a su repertorio vasto de ángeles desperdigados de todas partes del mundo.

Fernanda observaba acuciosa y con curiosidad a la mujer. La muchacha ya llevaba la bolsa de verduras frescas que Lalo Elizondo le había encargado para el almuerzo, no le quedaba más que regresar al restaurante pero se quedó siguiendo con la vista cada movimiento realizado por la causante de la desdicha de Leonidas Parajón, fue así como la vio pagar el ángel curioso que había anclado su atención; sin embargo, una vez pagado el adorno no se interesó por ver nada más, se lo envolvieron y ella se fue caminando tranquilamente tan cerca de Fernanda que la pasó rozando sin reparar en su figura escuálida de niña, era como si flotara en el aire con su altivez de mujer. Fernanda regresó al Mirador Las Brumas y se sintió aturdida por el vaho cálido dentro del local. Unos minutos después Leonidas Parajón habría de entrar buscando su mesa habitual con la cara inflamada por el llanto de su fracaso de seductor primerizo.

Cuando Elia López llegó a su casa, ya el ángel de barro iba desempacado por la desesperación de verlo lucir en su colección. Cuando al fin lo vio entre todos sus seres alados de mentira le resultó un poco gracioso el contraste de aquel humilde querubín campesino con los otros espíritus imponentes de las cortes celestiales del Renacimiento, duplicados para la venta en *souvenir*.

Fue hasta que pidió el almuerzo a Pallina Pérez, después de salir de su habitación, cuando se dio cuenta que era domingo y había perdido la misa matutina del padre Miguel. Se prometió a sí misma no faltar el fin de semana siguiente.

A CASA DE MARTÍN RUIZ ERA UNA DE LAS CASAS
empobrecidas al lado sur de Los Almendros. Se llega-
ba fácil a ella porque estaba ubicada casi al frente del
monumento de los cuatro pilares, dedicado a los mártires
del pueblo que habían caído meses antes del triunfo de la
revolución, luchando contra la dictadura imperiosa que ha-
bía azotado al país durante décadas.

El nacimiento de Martín representó una pesarosa carga
para su madre, Amanda Sánchez. En los primeros años de
su vida se había valido de él para pedir limosnas en su nom-
bre, pero tuvo que esforzarse mucho en sus sacrificios de
progenitora para no dejar tirado al hijo que en realidad le
hubiera gustado nunca tener. Aunque Amanda Sánchez ha-
bía sido una madre prolífica y de amantes variados, ahora
estaba abriendo las puertas de su vejez a una pobreza míse-
ra que no respetaba sus canas.

Habían pasado ya algunos días desde la serenata muer-
ta de Leonidas Parajón. La tarde estaba tranquila en Los Al-
mendros y el cielo oscuro parecía cargado de agua en un
silencio tan mudo que daba la impresión de que ningún au-
tomóvil rodaba sobre la carretera.

Martín Ruiz estaba acostado en su cama de petate agujereado, vivía con su madre y tres hermanas menores, una de ellas de diez años, que se esforzaban en los cuidados del impedido. El olor a frijoles cocidos llegaba hasta su nariz, alborotando sus tripas hambrientas. Amanda Sánchez estaba ante el fogón, preparando el almuerzo de todos.

—Comida, hambre, comida, hambre, comida, hambre... –resonaron las palabras de Martín desde su lecho. Su madre lo tranquilizó con un grito de paciencia pero él se revolvió violento y empezó a temblar con fuerza.

Hacía algunos meses que su disfunción motora, que lo hacía tambalearse de un lado a otro, había ido aumentando hasta convertirse en un temblor incontrolable, como también había aumentado su estrabismo.

La hermana menor, la única que estaba en casa, ya que las otras dos tenían trabajos en el mercado, advirtió a su madre que Martín temblaba mucho.

—Dale su medicina –ordenó doña Amanda preocupándose. Nunca había visto al hijo en un estado tan deplorable.

Martín apuraba su pastilla cuando una voz llamó dentro de la casucha:

—¡Buenas tardes!

Doña Amanda Sánchez reconoció al momento la voz de Leonidas Parajón y una alegría le asaltó el corazón.

—Buenas tardes Leonidas, pasá –respondió con tono amable.

—¿Qué tal, doña Amanda? ¿Está Martín? –desde la última vez en el Mirador Las Brumas, hacía ya casi tres días, no había vuelto a ver al amigo.

—Ay hijo, si vieras que está bastante mal el pobre, no para de temblar.

Leonidas sintió una punzada en el pecho, había aprendido

a amar a aquel hombre indefenso que nunca pretendía mal alguno y cuyos oídos atentos habían sido sus confidentes de años.

—Le traje más medicinas que le conseguí de la farmacia, pero igual debería de ir al médico.

—No, Leonidas —le contestó afligida la madre, sin dejar de remover la olla de frijoles—, aquí no hay médicos desde que murió el doctor Serrano, que Dios lo tenga en su gloria, no tengo dinero para que lo atiendan.

Amanda Sánchez estaba agradecida eternamente con Leonidas Parajón por todo el apoyo incondicional que le había brindado en el cuidado del hijo enfermo, aunque no dejaba de darle un leve repelo el tono frío de su voz de víbora y su aspecto fúnebre.

De pronto cayó un rayo seco y potente, que despertó en ese momento al pueblo con un estruendo ensordecedor. Sin duda había caído no muy lejos de los albores de la laguna. Cuando Martín comenzó a proferir unos gritos descontrolados de insano temeroso, Leonidas acudió en su rescate. Cuando Martín lo reconoció empezó a aplaudir, era su modo de demostrar alegría, Leonidas lo abrazó y lo tranquilizó con palabras suaves. Se sentó en el borde de la cama y platicó con él como siempre lo había hecho, con una total atención a sus palabras. Le dolió verlo de nuevo en una de esas recaídas profundas y tan seguidas que lo iban aquejando.

Después de haber estado tres horas entre pláticas con doña Amanda y el hijo en cama y de haber degustado con su paladar frío el almuerzo de la madre decidió marcharse.

—¿Será que ya mañana esté repuesto? —preguntó a doña Amanda cuando ya se habían apartado de la cama de Martín.

—Tal vez, estos ataques así le duran máximo un día, pero

lo que me tiene mal es que nunca le habían dado con esta frecuencia –la madre asomó un gramo de tristeza en sus ojos.

—¿Y entonces qué piensa usted, doña Amanda? –preguntó Leonidas, con miedo de la respuesta.

—Yo pienso que ya no va aguantar mucho tiempo, no creo que llegue a fin de año si sigue así –la señora había mencionado esas palabras casi con un alivio recargado por los años, como si un peso enorme hubiera volado de su espalda, como si hubiera esperado décadas para decirlo.

Cuando Leonidas pretendía irse, el cielo se partió en dos con un estruendo triste y opresor, un aguacero continuo y potente comenzó a inundar todo el pueblo oscurecido por nubes lóbregas. Se tuvo que quedar retenido hasta que escampó unas horas después.

—Ya se nos vino el invierno –murmuró Amanda Sánchez viendo caer el diluvio.

12

A L DOMINGO SIGUIENTE POR LA MAÑANA, DON Heliodoro entró sin tocar al cuarto de Leonidas. Lo miró durmiendo indefenso ante su suerte de tragedias continuas, un hombre adulto al que las dificultades nunca le dejaron salir de la casa paterna. Era el día del aniversario de la muerte de Bruno Parajón.

—Despertáte, Leonidas —dijo don Heliodoro, acercándose a los oídos dormidos del hijo.

Leonidas se revolvió perezosamente aturdido en la cama y abrió sus ojos irritados de sueño, vio la cara de su padre y se impresionó de ver cómo los años habían hecho un anciano de él.

—¿Qué pasó? —preguntó aturdido

—Hacénos el favor a tu mamá y a mí de ir a misa hoy.

Hacía tantos años que Leonidas Parajón no visitaba una iglesia, contrariando las súplicas de su madre devota a aquellas liturgias maratónicas y monótonas de todos los domingos.

—No quiero, me desagradan esas cosas —respondió cerrando los ojos y dando la impresión de volver a hundirse en las profundidades del sueño.

—El padre Miguel va a decir misa especial por Bruno.

De pronto se le vinieron a la cabeza imágenes pasadas de su hermano y él. Sintió, ya anestesiado por el tiempo, el dolor fatal de haberlo perdido de nuevo, de verlo muerto, frío y pálido, empapado en su desnudez.

—Voy a ir —contestó por una inercia inexplicable, como favor a sus padres por tantos años de cuidados.

—Gracias hijo, tu mamá y yo te lo agradecemos mucho —don Heliodoro sonrió con sus dientes amarillos y gastados—. Hay que vestirse, la misa es a las ocho.

Leonidas Parajón, ya en el control de sus sentidos, salió de su habitación y sintió un silencio frío que invadía la casa. En la sala había un arreglo de flores y unas veladoras ya a medio morir, adornando la foto del muerto. Leonidas sintió los pasos de su madre tras de sí, se dio la vuelta y la observó: doña Eugenia de Asís iba de luto total, con su vestido de funerales y velorios ya raído por los años, más un velo negro de viuda ridícula de otros tiempos.

A Leonidas le recorrió un escalofrío, se sintió atrapado en aquella casa a la que la muerte jamás había podido abandonar; él mismo llevaba su luto perpetuo desde los quince años cuando un día como ése había decidido rendirle un tributo sin tregua al hermano con el que ya jamás iría a compartir una palabra, y como una condena personal por su muerte, de la que se sentía tan culpable y la cual le había desencadenado aquellos difíciles desórdenes convulsivos que le habían hecho perder más de un año de su vida entre alucinaciones.

La casa entera se conjugaba en una sinfonía de réquiem. Leonidas Parajón tuvo la certeza de que ese día sus padres se vestirían como él. Doña Eugenia de Asís se alegró de ver a su hijo dispuesto después de tantos años a asistir a las misas anuales por el alma de su hermano menor, en vez de quedarse ahogando sus penas y culpas frente al retrato fúnebre, adornado con ramos de flores.

Cuando don Heliodoro bajó ya vestido las escaleras hacia la sala eran las siete y media de la mañana y todos los longevos perdidos en el túnel del tiempo en Los Almendros ya debían de estar listos para las misas maratónicas del padre Miguel Salinas, un párroco vigoroso y joven que había llegado recientemente a instaurarse como la máxima autoridad eclesiástica en la Iglesia de Nuestra Señora de la Asunción.

Cuando todos estuvieron frente al retrato, doña Eugenia ahogó sus lágrimas anuales y todos parecieron sentir la presencia fría de un fantasma viejo pero vigorizado por el tiempo: aquella imagen de papel les había calado los ojos cada mañana desde hacía exactamente veinticuatro años.

En el momento en que la familia Parajón llegó ese domingo a misa ya el edificio estaba concurrido de los fieles octogenarios de siempre y de muchos otros costumbristas de la fe. La iglesia era una estructura mediana de techo elevado con dos torres a cada extremo, una sobre la que descansaba un inmenso crucifijo de concreto y la otra, un poco más baja, que funcionaba como campanario, y la cual, en los meses últimos antes del triunfo de la revolución, había servido como una torre de francotiradores contra la Guardia Nacional, en los días de la liberación de Los Almendros.

La familia cruzó los portones con sus aires de duelo rezagado, de un cuarto de siglo. Ya la ceremonia se encontraba en sus primeros minutos. Se ubicaron en la última banca para pasar desapercibidos en su falta de puntualidad y observaron absortos los gestos y cada una de las palabras del padre Miguel Salinas, vestido enteramente de blanco.

Leonidas Parajón vagaba en otras dimensiones sin reparar en las palabras prolongadas y faltas de sentido del sacerdote a la cabeza del salón, vagaba en los minutos de aquel día fatídico cuando volteó la cabeza y sus ojos quedaron deslumbrados con la visón de su desventura y sus insomnios: Elia López estaba sentada en el bloque de bancas a su derecha, solitaria como siempre la había visto, con aquel viento de mujer única en el mundo, aquella gracia floral que la coronaba a cada gesto, y se sumió en las tormentas de sus pasiones indómitas, cuando recordaba su sonrisa de perlas perfumadas, la misma que la semana anterior se había apesadumbrado por su gesto inútil de la serenata.

Leonidas Parajón sintió una vergüenza ardiente que le recorrió por entero el cuerpo. Maldijo la hora en la que por compasión a sus padres ancianos había aceptado ir a la misa. Estuvo todo el resto de la liturgia pendiente de los movimientos frágiles de Elia, deseando que no lo viese nunca, hasta que el incidente de la serenata fuese un asunto ya tan nebuloso que resultara difícil de rememorar, y ni siquiera puso atención cuando el cura hizo la petición por el eterno descanso del alma de su hermano.

Elia López estaba sentada junto al pedestal sobre el que descansaba con toda imperiosidad la estatua majestuosa de San Miguel Arcángel, con el demonio retorciéndose a sus pies, a punto de ser atravesado por el hierro fortísimo del alado.

Terminada la misa Leonidas salió apresurado para evitar cualquier contacto con la mujer de su desventura, pero al verse obligado a esperar a sus padres en el atrio embaldosado de la parroquia sus ojos se tropezaron con los de ella entre el gentío gris que salía de la iglesia. Una vergüenza hirviente empezó a subirle desde los pies: aquellos oscuros ojos de morena limpia se habían prendido de su figura insignificante. Un terror inmenso lo hizo sudar un agua fina y glaciar, Elia López se acercaba hacia él.

—¿Qué tal don Leonidas? –la mujer inquirió tranquila y sin ninguna precipitación

—Muy bien, ¿y usted? –las palabras que salieron venían desde lo más profundo de sus músculos de piedra.

—Bien, quería pedirle disculpas por la noche pasada –el rostro de Elia tomó un ápice de timidez–, es que mi criada es muy impulsiva y no hay forma de controlarla.

—No se preocupe –Leonidas decía las palabras no avergonzado sino queriendo escapar de las anchas brumas del embrujo descomunal lanzado por la belleza de la mujer que tenía frente a él.

—Aparte de eso le quiero agradecer por el detalle, pero estoy comprometida.

Leonidas Parajón sintió que la tierra temblaba ante el monstruo de su vergüenza, no tenía palabras para excusar su falta perpetua, fue en ese momento que sus padres llegaron salvándole el honor de hombre enamorado.

—Buenos días –interrumpió la conversación don Heliodoro.

Elia ya había tratado antes y en diferentes ocasiones con él, cuando visitaba la farmacia en busca de sus somníferos y en sus numerosas urgencias de síntomas imaginarios que no eran más que consecuencias de la espera dolorosa de Eric Jacobson.

—Buenos días señor –respondió cortés la mujer, en una mueca silvestre mientras hacía una reverencia de cabeza para doña Eugenia–. Siento mucho lo de su hijo –agregó con tanta naturalidad que por un segundo dio la impresión de que la tragedia acababa de ocurrir.

—Muchas gracias, hijita –contestó doña Eugenia de Asís.

Dialogaron como las personas que no tienen nada más importante que decirse: comentaron el estado del clima y hablaron del invierno que había partido el pueblo inundando las calles y llenado todo de lodo, incluso las habitaciones de las casas. Se despidieron unos minutos después y Elia se fue con sus pasos de angelical mujer, luego de que don Heliodoro y su esposa eludieran la conversación con Leonidas.

Don Heliodoro buscó con la vista al padre Miguel Salinas entre la gente ya dispersa, a fin de darle unos cuantos billetes en recompensa por las palabras que dedicó a la paz del espíritu de su hijo, pero no logró encontrarlo. Ubicó entonces a José Vigil, el cuidador de la parroquia y la escuela, un anciano reciente, pocos años menor que él, que había consumido sus últimos años en el trabajo adormilado de vigilar aquellos portones noche y día.

—¡Don José! –lo llamó con fuerza y el hombre tornó sus huesos gastados en dirección a don Heliodoro.

—Ordene usted, señor –contestó presto y humilde.

—¿El padre Miguel está ocupado? No lo veo por aquí.

—Se debe estar cambiando en la casa cural.

La casa cural era más bien un cuartucho extenso donde dormía el párroco, en la parte trasera de la iglesia.

—Hágame un favor, don José –dijo don Heliodoro mientras extendía en su mano huesuda los billetes–: entréguele esto cuando salga y dígale que se los dejé yo.

—Claro que sí, señor, no tenga el más mínimo cuidado, yo se lo entrego.

Don José tomó los billetes y regresó a su puesto, una silla

plástica desvencijada en el umbral del templo, donde pasaba las horas tejiendo fantasías e historias que esperaba algún día poder escribir para un libro de cuentos del que siempre hablaba. Era un hombre cuya honradez lo precedía en Los Almendros.

Leonidas Parajón se alejó entonces de la iglesia escoltando los pasos confusos de sus padres, ya como dos sombras del tiempo. En ese momento pensaba en el encuentro mortal con Elia López y las piernas aún le temblaban. Por algún instinto que sólo los hombres enamorados entienden, volteó la vista al lugar donde se había dado su encuentro vergonzoso. Contempló aquel trozo de suelo como si aún estuviera cargado del aura luminosa de la mujer ansiada, pero su imagen estaba lejos de allí. Sólo vio la imagen cabizbaja y adormecida de José Vigil sentado en el umbral de la iglesia, sin imaginarse siquiera que un crimen iba a relacionarlos muy pronto.

13

No PUDO DEJAR DE PENSAR EN LA DECEPCIÓN opresora de las palabras de Elia López en todo lo que restó del día: estuvieron presentes en ecos constantes repetidos una y mil veces en su cabeza, lo acompañaron en todas sus actividades de aquel domingo nublado y triste. El día había sido de su hermano, entero para él. En la casa se habían consumido casi una decena de veladoras frente al retrato eterno del niño sonriente. Un silencio había helado la casa durante todo el día.

Los padres de Leonidas no habían cambiado en todas esas horas sus caras de viejos melancólicos, enamorados de la figura amarillenta y manca del niño que habían perdido. Leonidas no había podido soportar por mucho tiempo aquellas muecas invariables de los dos ancianos y el recuerdo punzante de Elia López había acabado por colmarle la paciencia de felino adormilado.

Salió de casa cuando ya el sol había avanzado lo suficiente como para que aún quedaran unas horas de luz. Caminó por largo rato, vagando disoluto en sus recuerdos por las callejas empantanadas de lodo del pueblo mientras una tenue brisa caía de las alturas grises del firmamento, entonces tomó la carretera y la fue bordeando con pasos apresurados rumbo al sur, con su mente fija en el cementerio. Apresurado prosiguió su carrera, como si el hermano fuera a irse a otro lugar. Los autos pasaban rozándole el hombro, caminaba en el borde de asfalto de la carretera para evitar el camino de lodo que se había formado a los costados. Con el recuerdo de Elia López pulsándole en la memoria, corría solapado hacia la tumba del hermano, con unas ansias inmensas de confesarle sus penurias.

Sintió en su cabeza palpitar unas venas dolorosas, un dolor antiguo que recordó de golpe, un padecimiento que no sentía desde su infancia, desde que sucumbió a los ataques convulsivos y violentos en que perdió el conocimiento: ese dolor punzante era el predecesor inconfundible de aquellos. Sintió más fuerte entonces palpitar su cabeza, su cerebro aprisionado por el cráneo. Disminuyó la velocidad con que corría bajo la brisa delgada que ya había humedecido sus ropas. Sintió que iba a desmayarse, su vista nublada le hizo detenerse y el pánico a aquellas embestidas convulsivas ya superadas se adueñó de su mente, por lo que se detuvo apoyando las manos sobre sus rodillas e intentó serenarse. Poco a poco fue recobrando el control completo de su cuerpo que, por fortuna, no llegó a temblar en ningún momento. La vista se le aclaró y fue cuando para su sorpresivo agrado se dio cuenta de que estaba ya frente al cementerio.

Era un camposanto de carretera, un camposanto de paso, de esos que cualquiera ve por la ventanilla del auto al pasar por un pueblo, sin ninguna tapia como no sea un bajo muro de piedras que sólo sirve para delimitar el terreno que ocupa el cementerio de tumbas tristonas. Leonidas entró ya recuperado y se abrió camino a paso lento entre todos los sepulcros desgastados por el tiempo y el olvido. Por alguna razón el corazón le latía nervioso junto a la macabra y extraña sensación de que al llegar a la tumba se encontraría a su hermano sentado sobre ella, esperándole y convertido en un hombre de treinta y cuatro años. Pero cuando llegó no había nadie, ni hermano, ni otros visitantes; el cementerio era un desierto de huesos viejos.

La tumba era un pequeño enladrillado del cual se erguía una cruz de cemento pintada en celeste. El nombre de Bruno Parajón de Asís se hallaba escrito en bajo relieve junto a dos fechas que denotaban la corta edad del difunto. Había flores frescas. Don Heliodoro y doña Eugenia habían estado allí el día anterior arreglando la sepultura, porque don Heliodoro tenía la certeza, con la cual se equivocaba pocas veces, de que iba a llover al día siguiente y no podrían cumplir con su anual visita al hijo muerto.

Era una de las pocas veces que Leonidas Parajón había ido a la sepultura de su hermano. Se sintió ridículo por unos instantes con sus ropas fúnebres mojadas, con la voluntad hecha trozos, y unas lágrimas ardorosas comenzaron a bajarle tímidas por el rostro. Se vio a sí mismo al lado del sepulcro y tuvo la sensación de haber llegado veinticuatro años tarde al funeral de su hermano.

Estuvo allí varios minutos, callado como si Bruno pudiera simplemente entender todo cuanto pensaba y le asaltaba. No dijo una palabra, ni siquiera se sentó. Cuando se despidió de aquel puñado de tierra muda, se sintió con el valor de pedirle perdón frente a frente al hermano por haberle insistido en salir a jugar aquella tarde aciaga y ya tan remota, y sintió en el silencio como si la mano fantasma del hermano le acariciara las mejillas. La tierra se quedó callada

85

y Leonidas Parajón oyó entonces con temblor la voz de su hermano, una voz de niño tal como la recordaba, pidiéndole que no lo dejara tan solo en la profundidad de la laguna, las últimas palabras que le había oído en vida. Se dio la vuelta, tropezando, y se fue por donde había venido, con los sentidos destrozados y en busca de consuelo.

Cuando llegó al Mirador Las Brumas aún caían los últimos rayos del día agonizante. Fernanda Uzaga lo vio entrar desde el primer momento con aire cabizbajo y de desconsuelo, como una sombra deslizándose por entre las personas que empezaban a llenar el Mirador. Lo vio seguir de una sola vez, sin detenerse, para posarse sobre la baranda, con la mirada fija en la laguna dormida. Lalo Elizondo notó que la vista de la niña se clavaba en el hombre solitario y le hizo una mirada de reproche que Fernanda pasó desapercibida, era imposible saber si aquella sombra arrastraba los pasos por la mujer deseada o por el aniversario del muerto.

Con la mirada fija en lo que los últimos rayos de luz aún permitían ver de la laguna, Leonidas Parajón recordó a su hermano. Siempre evitaba todo tipo de profundidades acuosas por los recuerdos mortificantes que le producían, pero ahora, con la mirada fija en aquel gran charco asesino, cubierto por una niebla espesa, el hombre fúnebre hizo frente a sus memorias.

Fernanda Uzaga caminó hasta su lado sin importarle la presencia de su jefe, todo por consolar aquella alma desvalida, como si el hombre hubiera llegado a aquel lugar sólo para verla a ella, para pedirle consuelo por sus heridas, para clavarse en sus débiles brazos de adolescente. Lo abrazó por detrás, imaginando sus lágrimas, y Leonidas no se sobresaltó, sabía que sólo podía tratarse de la niña con la que había compartido tantas horas muertas. Reconoció su tacto firme, sin temblores. Fernanda lo apretó fuerte contra su cuerpo suave, como si con eso quisiera lamer lo más hondo de las heridas del pobre miserable para llenarlo de su vida y curarlo de sus males inagotables. Leonidas acarició los brazos que lo envolvían y fue en ese momento cuando irrumpió el grito colérico de Lalo Elizondo:

—¡Fernanda! ¡Vení para acá!

La niña soltó a Leonidas y se alejó, no se dijeron ni una palabra, pero Leonidas Parajón se sentía mejor. Buscó un asiento y pidió un vaso de agua.

Ahogó las horas en las músicas estridentes y en las risas ajenas de las otras mesas hasta que el día recobró su luz perdida: Martín Ruiz entró al restaurante dando tumbos felices en dirección de la mesa del amigo. Se abrazaron: Martín se sentía como en sus momentos más esplendorosos, la crisis había pasado, Amanda Sánchez mandaba las gracias más hondas a don Heliodoro y a Leonidas por sus medicamentos y atenciones.

La noche cobró otro sentido: de risas, de celebración, de brindis solemnes por el alma del hermano de Leonidas, y Martín aplaudía, descontrolado, con su risa eterna.

Leonidas estaba distante, orbitando por las atmósferas celestes de Elia López, atormentado por sus negativas. Se sentía un ser vil y mísero, y todos a su alrededor reían.

Elia López dormía tranquila a distancia de allí, envuelta en sábanas frías. Tan sólo había pensado un segundo en su encuentro con Leonidas y de inmediato el rostro de Eric Jacobson se adueñó de sus sentidos; ya no existía nadie más, sólo la cálida ilusión de aquel hombre explorando su cuerpo, rastreando los puntos débiles de su éxtasis. A pesar del sueño químico humedecía las sábanas pensando en él, no sabía si soñaba o eran realidad las manos de aquel hombre las que la arrasaban con violencia y candor: entre el somnífero y su ausencia todo se volvía confuso. Sus dedos, sin embargo, siempre seguían su camino, de manera que minutos después de su estallido pudiese, al fin, dormir feliz.

De pronto la noche se había hecho demasiado oscura en el Mirador Las Brumas y una lluvia violenta envolvió a todo el pueblo. Cuando Fernanda Uzaga salió de turno los fue a acompañar a la mesa; en toda su corta vida nunca nadie la había esperado en casa. Se sentó junto a la triste figura del hombre sombrío con el sombrero de hongo.

Todos los clientes fueron saliendo mientras los minutos de la madrugada se iban consumiendo uno a uno. Martín se había ido luego de que, como siempre, llegara su hermanita a sacarlo de la mano como a un ciego incapaz, y quedaron al fin solos en la mesa Leonidas y Fernanda. Hablaron un largo rato del encuentro con Elia, de sus negativas de amor, por unos minutos hablaron también del prometido de la mujer, al que nadie había visto pero todos sabían que era un gringo rico que había prometido casarse con ella, un rival inalcanzable para los largos años de mantenido paternal de Leonidas Parajón.

Fernanda Uzaga pasó sus minutos en la mesa intentando adormecer los dolores hondos del hombre hasta que Lalo Elizondo se decidió a despedir el lugar de su domingo provechoso.

Había escampado. Leonidas acompañó a la niña a su casa con pasos lentos, como la había llevado otras veces de la mano cuando era una chiquilla huraña y caprichosa, luego de haberla agotado con sus juegos del niño que nunca había llegado a ser. Un olor a tierra húmeda y a charcos floridos envolvía al pueblo entero.

Cuando la dejó en el umbral de su casa, ella le regaló un abrazo lastimero, uno de esos consuelos que no curan de ninguna manera, y entró ya adormilada al encuentro de su cama. La abuela Florencia Miranda no la esperaba desde lo hondo de su sueño cargado, olvidada de la niña por la penuria de quedarse ciega y de ir perdiendo los recuerdos al paso de los días.

Leonidas Parajón siguió su camino pesaroso por las callejas enlodadas de Los Almendros. Los perros, dueños de las noches en sus jaurías abundantes, le salían al paso con ladridos retadores que no lo perturbaban. Dando unos tumbos de trasnochador llegó hasta su casa y entró.

Sus padres dormían profundos y él se fue directo a su habitación. Luego de un rato de permanecer acostado sobre su cama, vestido como un muerto vivo en su ataúd, se levantó de ella como iluminado por un impulso de resorte, por una idea martirizante de melancolía. Se puso en cuclillas, levantó la alfombra polvorienta de días y la descubrió: allí estaba la puerta del sótano de la casa, sin llave, como había estado siempre; la jaló con cuidado de no romper el silencio de la madrugada agonizante y las escaleras se le abrieron estrechas en picada. Bajó cauteloso los primeros escalones y buscó a tientas el interruptor eléctrico, cuando sus manos tropezaron con él, la luz se hizo en aquella habitación de polvo, olvido y telarañas gigantes. Era la bodega de la casa desde los tiempos de don Alejandro de Asís y Leonarda Balladares, allí había pertenencias de los familiares muertos de generaciones antiguas, ropas vacías que ya no ocuparían jamás y que nunca servirían a la caridad por la manía triste de acumular para el recuerdo.

Era espacioso, abarcaba todo el cuarto de Leonidas y parte de la sala, un subterráneo de calaches y aparatos sin uso o en mal estado, un cementerio de chatarra... Había pasado mucho desde que Leonidas había estado por última vez en el sótano, ya eran casi dos años desde que bajó para ayudar a don Heliodoro a buscar entre cajones de papeles infinitos el certificado de nacimiento de su padre, a fin de cumplir con un asunto legal ya olvidado.

El hombre avanzó tambaleante hasta acariciar con sus ojos lo que buscaba: un baúl colorido con dibujos infantiles, el arca donde estaban las pertenencias escasas de su hermano difunto, sus juguetes viejos y sus ropas apolilladas. Caminó hacia él y lo sostuvo con sus manos un momento antes de abrirlo. Leonidas Parajón reconoció de nuevo la voz de su hermano, infantil como la recordaba, pidiéndole que no lo dejara solo en la profundidad de la laguna.

Se dio cuenta en ese momento de que hacía mucho tiempo que no escuchaba voces. El sótano pareció expandirse.

Los fantasmas habían vuelto.

14

CUANDO BRUNO PARAJÓN PERDIÓ EL BRAZO BAJO EL peso de la carreta de Leandro Artola, el golpe dolió hondo en los cimientos de la casa. El pequeño pasaba las tardes sumergido en las aguas espesas de un mundo gris y falto de risas. Había descubierto que su mano inexistente lo hacía diferente y un blanco burlesco para los demás niños.

Sus padres, también dolidos por el abatimiento, se habían dado cuenta hasta ese día de que sus hijos volvían de la escuela con el hombre de la carreta. Llovieron entonces los regaños feroces para Leonidas, su irresponsabilidad de niño mayor fue sacada a flote por los gritos histéricos de don Heliodoro y doña Eugenia. Leonidas Parajón se limitó a ver en silencio cómo su hermano menor se fue consumiendo. Los padres temerosos habían prohibido cualquier desliz exagerado de vagancias infantiles fuera de la casa para evitar otra tragedia como la del brazo de Bruno, de manera que los dos niños pasaban horas largas en un encierro total, la niñez arrebatada por los padres, y Bruno Parajón languidecía pálido y manco en sus deseos de volver a correr libre por las calles del pueblo. Su hermano lo observaba con la tristeza lastimera de quien observa al mendigo más triste del mundo.

Cuando los dos niños podían, partían fuera del alcance de sus padres preocupados y se escapaban a correrías ligeras y breves, de risas enormes, donde por un momento volvían con sus compañeros antiguos a jugar a cualquier cosa o a treparse con destreza en los dos almendros ancestrales que florecían cada año frente a su casa, a buscar los frutos agridulces de sus anhelos, hasta que volvían a aquel encierro triste de la abuela lánguida y los padres aburridos.

El día que Bruno Parajón murió, a los dos hermanos los habían dejado en manos de una antigua comadrona del pueblo para que los cuidara en su tarde de encierro. Los dos niños aprovecharon el pesado sueño de la anciana que suponía cuidarlos para escabullirse silenciosos, casi cruzando por entre sus enaguas antiguas, y pronto se vieron libres en las calles enlodadas de Los Almendros, años antes de la carretera, cuando el pueblo entero dormía en su siesta imperecedera antes de que llegara aquel monstruo asfaltado a asesinar la tranquilidad.

Los dos niños esquivaron entonces las calles donde pudieran ser vistos por los amigos del matrimonio Parajón, evitaron por completo la farmacia y se adentraron en los montes frescos y verdosos del invierno florido de aquel año.

Leonidas se regocijaba en las risotadas llenas de vida de su hermano, lo miraba tan diferente, tan distante de aquel niño doliente que era dentro de casa, lo veía correr como si ya no le importara su extremidad mutilada, era un niño feliz, y odió en aquel momento las reglas absurdas de sus padres, la paranoia enferma de tragedias que supuestamente los perseguían. Eran felices de nuevo.

—Vamos a la laguna —la idea le vino de un flechazo a Leonidas y la dijo al momento.

Bruno titubeó, alegó que se iban a tardar mucho, pero entonces recordaron que era día de inventario en la farmacia y sus padres llegarían hasta tarde. Muchas veces habían estado en aquellas maratónicas sesiones entre los olores fuertes de las medicinas variadas. La matrona aún dormiría unas horas en el más leve de los casos.

Los dos niños partieron en su camino sin presura, esquivando el lodo de las calles; cruzaron sin palabras frente a la vivienda del alcalde, que años más tarde sería la casa de Elia López, y siguieron su vía hasta llegar a la calleja principal; pasaron sin temores el cuartel de la Guardia Nacional, un armatoste pintado con colores militares, un par de soldados armados los vieron pasar tranquilos, siguiendo su camino hacia el sur, hasta perderse en la curva. La dictadura, a algunos años de caer por aquel tiempo, había reforzado sus efectivos en Los Almendros pues corrían rumores de que los Rebeldes utilizaban el pueblo como vía continua para adentrarse en las montañas y alimentar sus guerrillas, aunque nunca se vio o se capturó ningún rebelde en el pueblo antes de la insurrección: todos alegaban haberlos visto pasar como sombras densas y oscuras en la mitad de la noche cargando sus fusiles libertarios. Un par de años después todo el pueblo junto al país se habría de unir al Movimiento para la Liberación del Pueblo y la dictadura cedería indefensa ante las armas de la nación.

Los hermanos descendieron con cautela por las numerosas gradas de piedra que llevaban hasta los albores frondosos de la laguna, donde sus padres solían bajar a hacer el amor cuando eran novios lejanos. Comenzó a caer una brisa tenue, provocando miles de explosiones minúsculas sobre el agua fría. Al llegar se quitaron la ropa, una a una las prendas fueron saliendo hasta quedarse en una desnudez completa y libre de niños radiantes. Entraron al agua y mil puñales de hielo se clavaron en los cuerpos pequeños.

Chapalearon un rato breve antes de que una niebla ligera comenzara a extenderse sobre la superficie de la laguna, entonces los niños se adentraron más en lo profundo, una lluvia tenue pero continua había comenzado a caer. Sin darse cuenta entre sus juegos variados no le dieron importancia a que el agua caía cada vez con mayor fuerza.

Cuando Leonidas tomó conciencia de que llovía sintió miedo, se pensó llegando con las ropas empapadas a la casa ante el regaño enloquecedor de sus padres. No vio que Bruno se adentraba más en el agua.

—¡Bruno, vámonos ya! –le gritó al hermano, en ese momento se dio cuenta de que lo había perdido de vista. Repitió el llamado con más fuerza.

Ahora llovía terriblemente.

—¡Bruno! –volvió a llamar aterrado y la voz pequeña de su hermano le contestó desde algún lado:

—Esperáme, no me dejés solo en lo hondo de la laguna.

Leonidas Parajón buscó con la vista a su hermano pero no lo encontró, la niebla densa y la lluvia incansable sólo le dejaban ver distorsión de agua abundante, de pronto sintió una corriente creciendo que lo arrastraba hacia dentro de la laguna, hizo un esfuerzo grande y se mantuvo estático en el agua.

—¡Te espero afuera, Bruno! –gritó con fuerza, sin saber si su hermano lo escucharía, el ruido de la batalla del agua contra el agua era atronador.

Nadó con fuerza y lo más rápido que pudo hasta la orilla. Cuando estuvo afuera esperó a su hermano, no sabía si venía tras de él, no sabía si lo había escuchado y se había quedado esperándolo o buscándolo sobre la laguna convulsionada por el bullir de la lluvia, se lo preguntó varias veces a lo largo de su vida, nunca lo supo.

Cuando Leonidas regresó a casa, sólo llevaba puesto el pequeño calzoncillo empapado y aún llovía. Con gritos incomprensibles fue anunciando su presencia desesperada antes de llegar a la puerta. Sus padres hacía casi una hora que habían llegado a la casa a encontrarse con su preocupación bien fundada sobre la ausencia de sus hijos. La anciana a la que habían dejado a cargo tampoco estaba, se había escapado en medio de su preocupación, como después supieron, y había salido a buscar a los hermanos bajo la lluvia. Unos nervios destructores se habían apoderando de la pareja. Al ver llegar a Leonidas con aquel aspecto desolado la vida les dio un vuelco terrible.

Entre los gritos del niño inconsolable se narró la historia, contó que se estaban bañando en la laguna y que había perdido de vista a Bruno, que lo había llamado pero que no había salido.

Don Heliodoro reclutó a tres vecinos más para la búsqueda ardua. Se fueron corriendo, avisaron a los guardias desocupados de la estación, quienes les acompañaron en su carrera dolorosa de búsqueda.

Bajaron las laderas de la laguna repitiendo mil veces el nombre del niño entre gritos, rompiendo el silencio recién estrenado de la lluvia que había cesado, buscaron cansados en los alrededores. La laguna estaba cubierta de bruma espesa. Don Heliodoro fue el primero en probar sus dotes de nadador retirado. Sin pensar mucho, el resto de los hombres lo siguió, a excepción de los guardias que continuaron buscando incansables en los albores de la laguna.

Cuando la niebla se fue disipando poco a poco y la vista les permitía alcanzar nuevos horizontes sobre el agua, fue cuando dieron con el pequeño cadáver manco flotando boca abajo, helado y azotado por la tempestad. Don Heliodoro lo abrazó aún en el agua y quiso hundirse con él, se quedó sin aire y con la mente en blanco, aferrado al cuerpo inerte. Entre el resto de los hombres tuvieron que arrancárselo de los brazos potentes que estaban a punto de comprimir el cadáver y lo condujeron a la orilla. El hombre no dijo nada, estaba consternado, falto de parpadeo.

Afuera del agua Heliodoro tuvo el impulso frustrado de gritar hasta que las cuerdas vocales se le reventaran una a una, pero no lo hizo, el abatimiento lo hizo desplomarse inconsciente.

En casa Leonidas temblaba de miedo, una enorme mancha de culpa comenzaba a cernirse lenta sobre su cuerpo y no lo abandonaría jamás, sabía de alguna manera que su hermano ya no estaba vivo, que se había ahogado irremediablemente en las corrientes traicioneras de la laguna. Eugenia de Asís caminaba exasperada de un lado a otro, sin dirigirle una sola palabra al hijo tembloroso, enclenque, aún mojado por la lluvia. Doña Eugenia fue la única persona en desmayarse cuando vio aparecer entre las ventanas al cortejo fúnebre de los hombres que regresaban de la búsqueda fatal. Al ver que uno de los guardias traía entre sus brazos un bulto envuelto en unas franelas sucias sintió desfallecer las piernas, tembló y en dos segundos todo había sido oscuridad. Cuando despertó su vida se había partido en dos.

Lo enterraron dos días después, en un silencio inquieto, no llovió hasta muchas horas después de que el cadáver se hubiese quedado en su soledad perpetua, entre tantos huesos desconocidos. Los primeros días consistieron en un dolor terrible e inexplicable de no poder tocar al hijo, de intentar habituarse a la idea de su ausencia física por los rincones de la casa, de saber que no se le vería nunca más.

Mientras la casa de los Parajón se convirtió en un desierto de ruidos, en un quieto y silencioso desierto de palabras ante el dolor profundo de todos aún sin asimilar la tragedia completa, la muerte del niño había abierto en el pueblo una herida de tragedia irreversible. Daba miedo para muchos el solo hecho de pasar por aquella laguna asesina, meses duró aquel recelo incómodo de todo el pueblo por tener que dormir cerca de aquel charco peligroso.

El alcalde eterno Matías Campos, que había mantenido una larga amistad con Leonarda Balladares e impulsó el funcionamiento del asilo de ancianos construido durante la vida de la señora, tuvo un fuerte peso en la decisión de clausurar el acceso a la laguna para evitar tragedias nuevas. Los padres del muerto le agradecieron hondamente y todos en Los Almendros estuvieron de acuerdo con la decisión. Así, las gradas antiguas de piedrín y adoquines que bajaban a la laguna quedaron cerradas por años.

Por esos meses el alcalde visitó en varias ocasiones a la pareja abatida, como en una especie de deuda postrera con su amiga y su proyecto conjunto y frustrado: el edificio del asilo de ancianos descansaba desde tiempos de Leonarda Balladares cerca de un barranco inservible a las orillas del norte del pueblo. Había sido el proyecto ambicioso de la vieja mujer española que gastó una pequeña fortuna del marido en ello, en pago a la promesa hecha al Divino Niño en caso de salir con vida de la España convulsionada. Leonarda Balladares soñó siempre la Casa de Retiro del Divino Niño de Los Almendros como un proyecto magistral en el que todos los asilados pudieran disfrutar de la pureza impecable de las paredes y los alimentos. En esos sueños andaba cuando hizo que don Alejandro de Asís se reuniera en diversas ocasiones con Matías Campos, para juntar las ideas de los tres sobre el asilo que tardó poco menos de doce meses en construirse. Era una casona de quince habitaciones que servían para compartirse entre los internos. En el mes que la inauguraron, hacía ya tantos años, cuando doña Leonarda estaba encinta de Eugenia, había salido una nota en el periódico único del país, manejado por la familia del dictador, alabando la noble labor de la pareja de españoles que idearon la casa de retiro en aquel pueblo tranquilo. En menos de un año el asilo estaba repleto de viejos ricos que se fueron marchando uno a uno al encontrar que aquella casa no era el paraíso ansiado que sus familias esperaban, sino más bien un caserón en el que se pasaba un hambre de perros callejeros y el frío elevado de Los Almendros acalambraba los huesos; no había sala de juego y el periódico no llegaba a diario... La casona se fue quedando vacía hasta que poco a poco, y después de meses, la Casa de Retiro del Divino Niño de Los Almendros se fue llenando con los viejos del pueblo. Ése fue el único logro de la amistad con Matías Campos, hasta que años después, en los tiempos más dolorosos de los descendientes de doña Leonarda, hizo el favor de condenar aquellas gradas de piedra colosales que descendían a la laguna.

Heliodoro y Eugenia pasaban los días recriminándose dentro de su profundo abatimiento, los sentimientos de fracaso y culpabilidad los fueron consumiendo a ambos. Perdieron horas en sus deseos de volver el tiempo atrás inútilmente.

Fue en los meses siguientes que vinieron las tensiones y los conflictos de la pareja, durante los cuales Leonidas sufría absorto las horas más dolorosas de su vida, mientras se dilapidaba en la culpa de estar seguro de haber matado al hermano. A su vez don Heliodoro se quedaba largos ratos en un silencio oscuro, intentando verse fuerte aunque por dentro se desmoronaba a cada minuto, mientras su mujer le reprochaba a gritos que no le importaba la muerte del hijo porque no lloraba hasta quedarse dormido como lo hacía ella todas las noches empapando las almohadas. Se dijeron las cosas más terribles de su largo matrimonio en aquellos meses, culpándose el uno al otro por la muerte del niño, por la falta de protección en que lo habían tenido, se abrieron heridas tan hondas que ni siquiera la muerte, cuando los sorprendió muchos años después, pudo terminar de cerrar. Tan afectados estaban en su propio dolor que descuidaron a Leonidas, comenzaron a ignorarlo poco a poco porque el sufrimiento los había bloqueado como padres, los había marcado como seres inservibles en el mundo de familia.

Leonidas, que se paseaba por todos los rincones del pueblo con un temblor perpetuo, concibiéndose tan culpable que sentía merecido el rechazo de sus padres.

Fue por esos días que Leonidas comenzó a tener los ataques convulsivos. La primera vez fue en una de tantas ocasiones en las que el niño estaba perdido en el torbellino de confusiones en el que se había sumido desde la muerte del hermano. Queriendo retroceder el tiempo había pasado por unos problemas graves de concentración que lo habían

99

hecho abandonar la escuela y recluirse solitario en la casa de los padres, los cuales se paseaban como espectros perezosos por las habitaciones y la farmacia. Leonidas cruzaba un trance difícil de sortear. Empezó con la vorágine de temblor constante que le había quedado desde el día de la laguna, cuando estaba en la farmacia acompañando a su padre en la aburrida tarea de esperar a los clientes que tardaban siglos en llegar. Don Heliodoro no le había puesto atención hasta el momento en que lo vio caer al piso con fuerza y sacudirse como un pez fuera del agua. Algo de espuma comenzó a asomarle por la boca y su rostro era una mueca petrificada de dolor infantil. Don Heliodoro corrió a asirlo rápidamente mientras le gritaba desesperado que reaccionara; miró a su alrededor y ordenó al muchacho que lo asistía en la farmacia por aquella época que corriera en busca del doctor Serrano.

El ataque convulsivo de Leonidas duró un minuto con treinta y ocho segundos que parecieron interminables para el padre. Pensaba en sus confusiones de mente acelerada por la adrenalina que no podría soportar el dolor de perder a otro hijo.

Cuando el niño recuperó la conciencia estaba aturdido. Miró a su padre con una cara de extrañeza profunda, luego a su alrededor como si no reconociera las paredes de la farmacia en las que había pasado tantas horas de su vida, volvió la mirada de nuevo hacia su padre y parecía como si mirara su rostro por primera vez. No sabía su propio nombre, se sentía débil.

El doctor Abelardo Serrano llegó unos minutos más tarde, apresurado por la emergencia del asunto, y encontró al niño sentado en el sillón que su padre tenía tras el mostrador, mientras don Heliodoro Parajón lo abanicaba fuerte con el periódico del día.

—¿Qué pasó? –preguntó preocupado el médico mientras entraba en el local.

—Leonidas, doctor; no sé qué le pasó, se puso a convulsionar y está atontado, ni siquiera habla –en las palabras del padre se denotaba el tono de dolencia tan grande de quien ya no puede resistir más sufrimiento.

Abelardo Serrano sólo sería el comienzo de una larga fila de doctores que atenderían a Leonidas durante un año continuo por la constancia de aquellos ataques convulsivos. Después del examen el doctor Serrano le explicó a Heliodoro Parajón que probablemente lo que Leonidas había sufrido fuera una alteración del cerebro causada por actividad eléctrica anormal en las células nerviosas, que era normal que estuviera aturdido y desconcertado después del ataque pero que en los minutos subsiguientes iría recuperando su estado normal de raciocinio, y que los incidentes aislados como ése no representaban gran peligro.

Don Heliodoro se quedó más tranquilo por las palabras del médico mientras lo miraba alejarse con su andar de intelectual del sistema humano. Cerró la farmacia de inmediato, por primera vez lo hacía más temprano del horario establecido por él. Se fue con el hijo a casa, quería darle todos los cuidados posibles. Le explicó lo sucedido a su mujer, que lloraba la muerte de Bruno en su alcoba y ambos se pusieron al servicio del primogénito, agradeciendo al cielo que el hecho no había tenido peores percances.

Aquel alivio en la pareja, sin embargo, fue sólo temporal. Aquella misma madrugada el doctor Serrano fue despertado para atender una fuerte recaída del niño Parajón.

Cuando llegó a la casa, el pequeño se había quedado dormido. Estuvo largo tiempo examinándolo y dialogando con los padres desolados cuando otro ataque convulsivo y feroz se apoderó del cuerpo de Leonidas: los espasmos fueron más fuertes esta vez que en todas las anteriores. El doctor Serrano tuvo que poner boca abajo al niño para evitar que se ahogara en su propio vómito y una mucosa excesiva que había comenzado a desprender.

Cuando todo hubo pasado, el médico le tomó la presión e intentó ubicar en la realidad al niño desorientado que parecía no conocer nada ni a nadie a su alrededor. Abelardo Serrano consideró necesario un tratamiento de emergencia, pues aunque no hubiese pérdida de conocimiento el niño parecía estar en otro estado de conciencia. El médico se limitó a administrarle un anticonvulsivo oral, para casos de epilepsia, y a recomendar la necesidad de internar a Leonidas en un hospital.

A la mañana siguiente el niño partió a la capital con sus padres. Fue atendido allá durante un año de tratamiento continuo para mitigar la epilepsia que estuvo al borde de robarle ferozmente la vida en diversas ocasiones. Durante todo el año que duraron sus cuadros epilépticos, Leonidas empezó a desarrollar una conducta extraña debida a las severas lesiones que las convulsiones iban causando en su cerebro castigado, se abrían fisuras por donde su mente trastornaba la realidad circundante.

El niño empezó a escuchar voces inexistentes, sus sentidos exaltados alteraban el entorno. Doña Eugenia en una ocasión tuvo que esconder todos los espejos de la casa porque Leonidas pasaba horas perdido en su propio reflejo aduciendo que era otra persona diferente a él la que lo miraba desde el fondo del cristal.

Sin embargo la parte más dolorosa del comportamiento esquizofrénico en el niño fue cuando comenzó a ver a su hermano muerto y hablaba con el aire. Entonces un miedo terrible empezó a adueñarse de él por las noches: decía que Bruno venía a reclamarle por haberlo abandonado en la laguna, lloraba ante la voz del hermano que le reprochaba, y en esos punzantes meses, por recomendación de los psiquiatras, fue el único periodo en la casa de los Parajón en que la foto del niño sonriente que había sido Bruno fue removida de su sitio.

Un año y meses duró aquella enfermedad poderosa del niño Leonidas, gradualmente los medicamentos recetados por los médicos y los psiquiatras capitalinos fueron surtiendo efecto hasta que todos los síntomas desaparecieron y el tratamiento se interrumpió de manera permanente. La tranquilidad había vuelto, aunque sólo fuera como un espejismo, a la casa de don Heliodoro y doña Eugenia.

Leonidas podía volver tranquilo a las calles sin que los árboles resultaran monstruos amenazantes, recorrer los mismos caminos de siempre, ir a asomarse a la inmensa casa con numerosas ventanas que tenía el dictador del país en las afueras del pueblo y que nunca ocupaba o tal vez una sola vez al año, podía volver a treparse en los dos almendros que se encontraban al cruzar la calle frente a su casa, aquellos dos inmensos árboles por los que el pueblo había tomado su nombre. Los fantasmas se habían ido, las voces oscuras habían quedado calladas.

Desde la ventana de su habitación doña Eugenia de Asís lo miraba jugar, aliviada; la tarde caía dorando las hojas inmensas de los almendros. El niño subía hasta los ramajes más altos y fuertes como dos años atrás lo hacía con su hermano, sonreía. Doña Eugenia se llevaba las manos al pecho, por el momento todo estaba bien. Podía bajar las escaleras, dirigirse a la sala y colocar de nuevo sin temor la foto del hijo muerto. El corazón de la madre latía nervioso. Mientras miraba a su hijo mayor se preguntaba cuánto tiempo podría transcurrir sin otra recaída de espectros y monstruos. La respuesta tardaría años en llegar: más de dos décadas, cuando el niño hecho ya un hombre sombrío bajara al sótano a buscar el baúl de los juguetes olvidados de su hermano.

15

LO DESPERTARON LAS VOCES QUE PLATICABAN animadas en la sala de la casa. Leonidas Parajón no abrió los ojos, los mantuvo cerrados mientras tomaba la difícil conciencia de estar vivo, completo, en su casa y en su habitación. Para su extrañeza reconoció la voz del padre Miguel Salinas, platicando entre risas alborozadas con sus padres. Abrió los ojos lenta y cautelosamente, con un impulso veloz se sentó en el borde de la cama. Vio en el piso la alfombra recogida, la escotilla del sótano abierta, entonces recordó que después de tantos años había escuchado aquella voz ya confusa en las riberas del tiempo, recordó que un pavor frío y nauseabundo se había adueñado de él mientras sostenía el baúl colorido de los juguetes, un pavor no a la voz de su hermano sino al recuerdo de un padecimiento ya enterrado en el pasado doloroso de su vida. Un temblor remoto se apoderó de él entonces, un temblor tan antiguo apenas lo recordaba.

Pensó en Elia López, desde hacía muchos meses era en lo primero que pensaba al despertar, la imaginó con él, dormida en aquella misma cama, desnuda, con toda su piel de canela clara descubierta para él, para que sus manos faltas de trabajos duros la recorrieran toda y se perdieran entre sus piernas... Pero su ilusión fue cortada. Las palabras del padre Miguel Salinas no dejaban de seguirlo en su fantasía cotidiana, el sacerdote parecía hablar cada vez más fuerte desde la sala, ¿Qué hacía allí? ¿Por qué sus padres lo habían invitado? Siempre había recelado del catolicismo antiguo de su madre.

Tomó conciencia de que había dormido vestido, recordó que la noche anterior subió a su habitación luego de haber escuchado la voz de reproche del fantasma y se había dormido entre temblores sin haber tomado el tiempo para desvestirse.

Se arregló el cabello con las manos y resignado a tener que saludar al cura abrió despacio la puerta que conducía a la sala.

No había nadie.

La sala estaba quieta, la casa era una necrópolis estática.

Habían sido de nuevo las voces.

Era casi medio día. Sus padres estaban en la farmacia y el padre Miguel Salinas almorzando en la casa cural, lejos de allí. Leonidas estaba solo, abatido por los recuerdos, destrozado por la pasión de Elia López, acuchillado por treinta y seis años de vida inservible y luto perpetuo, asediado por las voces fuertes y sólidas de gente que no estaba cerca de él.

De pronto pensó que podía volar, hacía mucho que no lo pensaba. Se lanzó de bruces al suelo. Una risa incontenible se apoderó de él retumbando en toda la casa y sacudiendo el polvo acumulado de tantos años de locura dormida que ahora despertaba.

16

FERNANDA UZAGA LO ESPERÓ DURANTE TODO EL DÍA en el Mirador Las Brumas. Sin ningún ánimo realizaba todos sus actos rutinarios. Leonidas tardaba mucho en llegar ese día, se había quedado en medio de sus delirios en casa, soñando cosas que no estaban allí, en medio de su crisis de existencia fallida.

A las siete de la noche Martín Ruiz cruzó el umbral del bar que ya reventaba en risas múltiples, se abrió paso entre las mesas, la gente lo vio pasar entre ellos con la misma cara lastimera y de repugnancia con la que lo habían visto durante toda su vida. Ya vino El Bobo. Caminando torpemente, la boca abierta y la baba abundante llegó hasta donde Fernanda.

—¿Y Leonidas? –preguntó extrañado de no verlo por allí.

—No sé, no ha venido en todo el día –contestó la muchacha con el énfasis de quien ha soportado una larga espera.

Martín no dijo nada más, se fue a sentar en la mesa de siempre, una de sus favoritas casi en el centro del lugar. Fernanda lo observaba mientras servía las cervezas heladas a todos los clientes sedientos y lo notó maciento, pálido y con un temblor más pronunciado de lo común. Sintió lástima de aquel personaje, no por su condición mental sino porque por primera vez lo vio cerca de la muerte.

Los dos esperaron al hombre de ropas tristes que no llegaba. Pero Leonidas seguía dormido en su casa, ante la extrañeza de sus padres, que hacía tanto tiempo que no miraban un sosiego tan resignado del hijo. Había pasado todo el día en su cuarto luchando con los demonios corpulentos de su infancia. Seguía en cama, opaco y deslucido; había dormido grandes ratos para no tener pesadillas despierto. Miró el reloj sobre el dintel de la puerta de su habitación, que anunciaba las siete y treinta y dos minutos de la noche, y decidió irse al Mirador, necesitaba el aire fresco del pueblo. Tomó su sombrero y sin dar explicación de ninguna índole salió de la habitación y de la casa con una velocidad de relámpago retrasado. Cerró la puerta tras de sí, vio al otro lado de la calle los dos almendros de su niñez, iluminados tenuemente por el alumbrado público del pueblo, como dos espectros; sintió un escalofrío y comenzó la marcha.

En el Mirador Las Brumas, las dos únicas almas de su vida aún lo esperaban. Fernanda y Martín notaron en el mismo instante en que lo vieron que había tenido horas difíciles. Iba en un estado deplorable de desaliño, con las ropas arrugadas y mal acomodadas, el rostro con la expresión de un sueño rezagado de siglos.

Se sentó en la mesa con Martín, se dieron la mano, únicamente, aunque el amigo haya tenido el impulso de abrazarlo por la costumbre de su amistad impar en el pueblo, pero el rostro de Leonidas Parajón estaba desprendido de la realidad, como si por alguna inercia sobrenatural los pies lo hubieran traído solos hasta la puerta del lugar. Fernanda Uzaga se acercaba ahora, antes de que iniciara cualquier conversación entre los dos, para tomarle la orden como a cualquier cliente recién llegado.

—¿Qué le traigo, don Leonidas? —preguntó la niña con voz temblorosa al ver de cerca en el rostro del hombre los estragos de las horas pasadas.

Y fue en ese momento, en esos dos segundos en los que Leonidas Parajón dudó en responder, en los cuales dijo las palabras más convincentes que había dicho en sus años de vida:

—Traéme a Elia López, creo que no necesito otra cosa más en este mundo.

Fernanda Uzaga se sorprendió con un malestar profundo por el clamor de Leonidas, por sus ojos lastimeros que parecieron rogarle el cuerpo de la mujer apetecida.

—Don Leonidas, no bromee —le respondió la niña, como si las palabras del hombre no le hubieran revuelto la mas ínfima esencia de sus nervios.

Martín comenzó a inquietarse, a chocar de forma leve el puño izquierdo con la palma de su mano derecha sin interrupción.

—Ya Fernandita, dejá a Leo en paz —replicó el muchacho enfermo, en medio de unas toses continuas—. Se siente muy mal, traéle una cerveza fría.

—Ya la traigo —aceptó la muchacha y se fue con el rostro compungido de niña recién humillada a buscar la cerveza para el cliente.

Los dos hombres hablaron por largo rato mientras las cervezas de Leonidas se iban haciendo numerosas, no acostumbraba a tomar y mucho menos en exceso, pero en esa ocasión aquel mareo leve en aumento le iba resultando reconfortante para soltar su lengua de hombre reservado y contarle sus penurias de adoración por Elia López, omitiendo en todo momento de la conversación las recientes apariciones de sus alucinaciones antiguas. El aniversario de muerte de su hermano ya había pasado con su demoledora furia y ahora se reponía de las heridas de recordarlo con fuerza, en carne viva, con que lo había hecho en los días anteriores.

Fernanda observaba a los dos hombres desde todos los puntos del bar por los que le tocaba revolverse ligera, como sombra de mediodía, presa de su trabajo y de la mirada de Lalo Elizondo, siempre atenta de los favores excesivos que su empleada tenía con Leonidas Parajón.

Atareada por el trabajo que la apartaba de estar con el hombre de negro, Fernanda Uzaga volteó la cara hacia la puerta y fue entonces cuando vio aparecer un espejismo, una alucinación, una quimera, un sueño, una ficción, una utopía, una fantasía, un delirio, un desvarío, una visión, una invención, un espectro, un fantasma... Elia López en carne viva acababa de cruzar el umbral. Había entrado en el bar.

Exploraba aquel lugar confuso con su mirada escudriñadora, llevaba un pantalón ajustado a sus piernas de escultura perdida y una blusa roja de cuello alto para el frío nocturno del pueblo, cubierta por un abrigo. Su rostro era de extrañeza mezclada con una densa sonrisa de alegría. Se adentró más en el lugar, rozando casi la mesa de Leonidas.

Cuando éste la vio, en medio de su ligero torbellino de alcohol, un sobresalto revoltoso se adueñó de su cuerpo, los ojos de ambos hicieron un contacto breve, Elia levantó su mano tímida y saludó en el aire al hombre oscuro, Leonidas no contestó el saludo y la mujer siguió de largo. Un ardor en su pecho comenzó a hervir, la confusión efervescente de verla allí como un fantasma fuera de lugar, como un espejismo vano fuera de tiempo, mientras tomaba asiento en una mesa solitaria, allí en la guarida más honda de sus días, en

Las Brumas. Todavía prendía de su mente el saludo breve de su mano en el aire, mientras ella le miraba con una extrañeza secreta en aquel estado de botellas vacías poblando su mesa, con la mirada levemente perdida, sentado junto a El Bobo, junto al retrasado mental del pueblo florido.

Fernanda Uzaga se acercó con cautela a la mesa donde la mujer esperaba a ser atendida, por primera vez en sus dos años en Los Almendros iban a cruzar unas palabras casuales.

—¿Qué le puedo ofrecer? –habló la muchachita como quien le habla a un ser irreal.

—Traéme una cerveza por favor –respondió Elia indiferente–. Estoy celebrando –agregó como para sí misma.

Fernanda Uzaga se alejó entonces hasta cubrirse tras el mostrador para cumplir la orden de Elia López.

El Bobo había comenzado a alterarse, notaba la náusea irremediable que provocaba aquella aparición en el estómago débil de su amigo. Leonidas no soportó más, se levantó de la mesa con un descontrol irreversible y salió del bar dando tumbos. El Bobo lo siguió hasta afuera, hasta el aparcamiento donde reposaban los vehículos de los clientes. Leonidas Parajón sintió un vómito incontrolable subiendo por su garganta, se apoyó en uno de los vehículos y empezó a arrojar. Martín le preguntaba insistente si estaba bien. Por casi un minuto el hombre se mantuvo devolviendo los alimentos, herido por la náusea. Cuando terminó se sentó sobre la tierra. Fernanda salía en ese momento preocupada a socorrer al hombre de su cariño primerizo, en sus cortos catorce años de vida nunca lo había visto en el estado deplorable en que lo encontró.

Martín se comprometió ante Fernanda Uzaga a llevarlo inmediatamente a su casa, a acompañarlo por las calles del pueblo hasta dejarlo en su puerta. Entre ambos pagaron a Fernanda, extendiéndole unos billetes con manos temblorosas. La niña los tomó, volvió al bar y los dos hombres emprendieron el viaje de regreso. Adentro seguía Elia, brindando con la nada, contenta y extasiada.

A la mitad del camino a casa, Leonidas Parajón comenzó a ahogarse en un llanto silencioso, en aquella herida profunda de toda la vida que Elia López atizaba ahora con mil tridentes hirviendo. Caminaba mareado y en un momento puro de miseria miró a su amigo y notó su respiración cansada, su rostro extenuado, como si fuera a desplomarse en cualquier momento, como si el oxígeno del mundo no fuese suficiente para él. Sintió de pronto que ambos morirían esa noche en alguna calle oscura del pueblo, confundidos entre la niebla. Por primera vez en su vida Martín Ruiz cuidaba de alguien en la calle, la ironía de los días había invertido los papeles.

Llegaron sin embargo al umbral de la casa. Fue allí cuando Leonidas notó que nadie había ido por Martín esa noche, vio a su amigo cansado y tembloroso y sintió la certeza poderosa de que si dejaba que se fuera no volvería a verlo vivo. Le insistió para que se quedase en la casa.

Los dos hombres durmieron en la habitación de Leonidas, sobreviviendo a aquella noche agitada y punzante. Entre las horas de la madrugada, en medio de un insomnio sulfurante, Leonidas Parajón empezó a oír unos susurros dentro de la habitación, unos susurros helados y presentes por todas partes, pero no le dio importancia. Cerró los ojos, ojalá fuera El Bobo murmurando entre sueños.

17

L A PALLINA PÉREZ ESPERABA PREOCUPADA, DABA vueltas de un lado a otro en medio de la noche, rezaba en la sala desolada. Desde que Elia López era una niña había sido su preocupación más que maternal y no le importaba que ahora la niña ilusa de hacía años fuera ya una mujer entera, independiente y capaz, que había vivido innumerables noches de amor. Estaba en esas preocupaciones cuando sintió aproximarse los pasos cortos de la mujer por el umbral de la casa.

Al entrar, Elia se topó con el rostro regordete de alivio de Pallina. Se había tomado tres cervezas y se había marchado del Mirador Las Brumas, contenta y tranquila luego de haber conocido aquel afamado lugar de mala muerte después de dos años de vida en el pueblo. Se había ido a celebrar.

Había llegado una carta de Eric Jacobson, el ser ansiado de todos sus días. La carta había llegado en la tarde, como muchas otras que le provocaban sonrisas fugaces al ver el nombre de su prometido en el remitente, pero ésta era distinta. Le daba fecha final a su espera, a su larga ausencia de casi dos años en los que se había tambaleado en una tormenta de dudas inmensas ante su amor, ante sus inseguridades de mujer, cuidando la casa entera y vacía que él había comprado para ambos, para que vivieran lo que se habían prometido en la época en que estuvieron juntos, época que ya parecía tan distante en medio de la bruma del tiempo y la espera.

Eric llegaría a Los Almendros a finales de diciembre de ese año. La Pallina Pérez había tomado la noticia con un asombro irreal, como si de pronto despertara la conciencia adormecida de que el hombre del que Elia le hablaba era realmente de carne y hueso y no un fantasma ilusorio de sus pláticas sin fin. La había visto feliz, con el rostro más iluminado que cualquier otro día. Unas lágrimas no tardaron en bajar apresuradas de su rostro. Empezó a caminar como una fiera enjaulada por todos los rincones de la casa, que se volvía diminuta a cada segundo, por eso decidió que debía celebrar, tomó su abrigo de todos los días y se fue al alegre bar del pueblo, en el que todas las noches se hilvanaban las historias de aquel remoto rincón del país.

La Pallina Pérez se lo prohibió como le prohibía tantas cosas, pero Elia no la complació en sus delirios de madre alarmada.

La vio desaparecer entre la bruma espesa del patio. Se llevó las manos al pecho y empezó a rezar.

J OSÉ VIGIL TOCÓ LEVEMENTE LA PUERTA DE LA CASA
cural, a esa hora el padre Miguel Salinas ya debía de
haber abandonado su sueño vespertino después de un
pesado almuerzo de albóndigas sancochadas. Nadie respon-
dió al llamado, así que volvió a intentarlo con su puño de
huesos añejos, más fuerte, decidido. Medio minuto después
la puerta se abrió. Apreció el rostro descansado y repuesto
del padre Salinas.

—¿Todavía estaba dormido, padre?

—No don José, estaba en el baño —contestó el sacerdote
sin ningún afán de sorpresa.

—Lo buscan en la parroquia.

El cura no contestó nada más. Agradeció a José Vigil y se
fue directo a la iglesia. El anciano recién estrenado siguió sus
pasos para ubicarse como todos los días en su eterna butaca
a las puertas de la iglesia, donde pasaba las horas muertas
del día y de la noche.

En una de las bancas de la primera fila, frente al altar ma-
yor, donde Cristo agonizaba perpetuo su sangre de yeso, es-
peraba vestido enteramente de blanco Heliodoro Parajón.
Al ver al padre se levantó con dificultad sobre sus huesos y
extendió su mano al párroco.

—Padre, pasaba por acá y entré a agradecerle por la misa del domingo pasado –dijo Heliodoro, mientras apretaba la mano vigorosa del cura.

—No se preocupe, don Heliodoro, estamos siempre para servir; es más, soy yo quien le agradece por su ofrenda para la parroquia.

—Me disculpa que no se la pude dar en persona –la voz toma un ápice pesaroso–. Lo busqué y no lo encontré después de la misa.

No había por qué disculparse, el padre Miguel Salinas se retiraba como relámpago ligero de la nave central de la iglesia una vez que la liturgia llegaba a su fin. Esa costumbre extraña venía de sus años últimos en el seminario de la capital y luego de las primeras misas en portugués que daba durante sus años en Brasil, a donde había sido enviado como misionero piadoso a hacerse cargo de una escuela de niñas huérfanas.

Buscaron un asiento cómodo en una de las bancas centrales, junto a un pedestal mediano sobre el que se erguía la estatua gloriosa de un San Miguel Arcángel, su túnica ondeando por los vientos celestiales, la diestra empuñando una espada resplandeciente, de metal puro, lista para atravesar al ser monstruoso que se revolcaba dolorido a sus pies. Don Heliodoro hizo una pausa corta en su conversación con el párroco para observar aquella estatua de metro y medio que se mantenía imponente sobre sus cabezas. Los dos hombres se tomaron una pausa para observar el yeso majestuoso mientras la claridad de la tarde los envolvía dentro de la sala amplia de la iglesia. Don Heliodoro le dijo al padre en su afán de viejo adulador que hacía mucho tiempo que en ese pueblo de lodo no tenían un párroco con la vivacidad de sus sermones.

—Todo vino después de la carretera, padre… hasta usted

–antes se ahogaban en una dedicación monótona, el mismo cura de sermones gastados que parecía jamás extinguir sus luces. Pero desde que pasó el primer carro rodando apresurado sobre aquella oscura serpiente de asfalto, la modernidad de la capital ha venido a tragarse a Los Almendros–. Es más, padre Miguel: ¿sabe usted por qué este pueblo se llama Los Almendros? Claro que no lo sabe, ya las cosas son tan distantes en el caudal de los años que un día ni siquiera los viejos lo vamos a recordar... Este pueblo se llama así por esos dos inmensos almendros que hierven de frutos cada año frente a la casa donde vivo, y se fueron quedando como una referencia hasta que este lugar se llamó así por tradición oral. Por esos dos árboles frente a mi casa. Eso me lo contó mi suegro, don Alejandro de Asís, y a él se lo contó el hombre más viejo de este pueblo cuando él llegó de España exiliado de la guerra civil y nunca más volvió.

—¿Nunca? –el padre hace un gesto de sorpresa fingida mientras resopla un aire atareado de sus fosas nasales.

—No, no volvió nunca... Ya se imaginará usted cuando Franco vino acá en una visita de Estado para festejar los primeros años de la dictadura: el hombre no quiso saber nada de las noticias en una semana. A mi suegro se lo tragó la tranquilidad de este pueblo: cuando este pueblo era tranquilo, sin los bullicios de ahora.

Don Heliodoro continuó con su charla larga mientras el padre Miguel lo observaba con una absorción vacua y débil. Habló de todas las cosas que traía atoradas en la garganta, todas las cosas que su cabeza revuelta maquinaba sin nadie a quien acudir, porque eran las mismas cosas que le repetía una y otra vez a Eugenia, hasta que ella se quedaba dormida en la cama fingiendo escuchar, todas las cosas que Leonidas jamás escuchaba por estar ausente en el Mirador, o en la casa de El Bobo. Las cosas que Bruno Parajón jamás escuchó por haberse muerto hecho un niño y no rondar la casa más que en los recuerdos, las pesadillas, los sueños, la foto perpetua ya raída por los años y los tormentos de la esquizofrenia de Leonidas.

Cuando Heliodoro Parajón abandonó la iglesia, el padre Miguel Salinas ya había bostezado veces interminables. Se despidió y se fue a trabajar en el sermón extenso del próximo domingo. A la salida José Vigil dormitaba profundo. Don Heliodoro tomó su camino cercando las calles del pueblo, una brisa como una pelusa frágil empezaba a caer sobre los tejados. Los ruedos de sus pantalones comenzaron a llenarse de lodo abundante y el hombre recordó la reprimenda mañanera de Eugenia al reclamarle su locura de vestirse de blanco cuando afuera acechaban los pantanos en que se habían convertido los caminos.

Al levantar la vista Heliodoro Parajón vio a Fernanda Uzaga en el sentido opuesto de la calle que él bordeaba.

—¡Fernandita! —llamó con sus pulmones de anciano.

La niña caminaba taciturna, los ojos clavados en el aire de sus pensamientos, cuando escuchó el llamado poderoso del señor. Cruzó la calle a su encuentro.

—Don Heliodoro, qué lindo encontrarlo, casualmente voy a su casa.

—Qué alegría, niña, ¿vas a ver a Leonidas?

—Sí, voy a verlo, a hablar con él de unas cosas.

El camino fue tranquilo y avivado por el frescor de la brisa tenue mientras la niebla eterna del pueblo comenzaba a arrastrarse débil por las calles. Don Heliodoro preguntó por Florencia Miranda, Fernanda contestó que se quedaba más ciega cada día. Don Heliodoro se prometió a sí mismo que iría apresurado con Eugenia el día más pronto posible para que la señora se fuera a la penumbra eterna con la última imagen de sus rostros. Había sido tan amiga de Eugenia de Asís en los años en que Fernanda se encerraba en cientos de juegos con su hijo.

En el instante que Leonidas Parajón vio entrar a su casa a Fernanda Uzaga, después de tanto tiempo que no la veía envuelta en aquellas paredes, tomó conciencia progresiva de que la niña de los juegos lejanos comenzaba a acrecentarse, a desarrollarse, a mutar en una mujer de pechos asomados bajo su blusa delgada y ajustada al cuerpo. Al verla allí, lejos de aquellas músicas, sin el baño lívido y mortecino del humo que circulaba sobre las mesas vivas de carcajadas, Leonidas notó que Fernanda era una muñeca frágil a la que había dejado de cuidar desde la época en que se escondían en los recovecos más ingeniosos de la casa mientras su madre y la abuela de Fernanda se consumían en sus tazas de café. Fernanda, la huerfanita, era ahora la mujer de aquella casa.

Se saludaron y ella notó la sorpresa de Leonidas. Eugenia de Asís le repitió a Fernanda las mismas preguntas que don Heliodoro le había lanzado en el contento camino a su lado.

Cuando al fin ella estuvo a solas con Leonidas, fuera de la casa, en la tarde agonizante de color de bronce y dorado, que bañaba las calles opacas por la niebla, ella le dijo:

—Vengo a decirle algo, don Leonidas, es que me desperté hoy con esta idea loca revoloteándome en la cabeza. Tiene que ver con doña Elia.

Por algún motivo Leonidas sintió que el frío aumentaba, como si la niebla blanca se hubiera adueñando de su cuerpo, llenado de blanco sus ropas oscuras.

—¿Qué pasa con ella?

—Es que el otro día estaba yo en el mercado y ya sabe usted: como tengo que demorarme allí con todas las cosas que don Lalo me manda a comprar, vi a doña Elia. La vi tan de cerca que la pude rozar, pasó a mi lado cuando se fue. Y yo sé que ella está enojada con usted por lo de la serenata, bueno, pues no sé si está enojada pero yo sé que ya no es lo mismo cuando se ven. Pues bueno, el asunto es que ese día yo me di cuenta que hay algo que a ella le gusta mucho. A ella le gusta coleccionar ángeles…

—¿Ángeles?

—Sí, ángeles de porcelana, de barro, de cualquier cosa y eso lo sé porque le pregunté a varios tenderos del mercado y eso fue lo que me dijeron, que a ellos les ha dicho directamente la Pallina Pérez que a su niña Elia le gustan los ángeles, y si lo pregunté fue porque eso mismo fue lo que la vi comprando y me extrañó mucho porque fue lo único que compró: un ángel, un solo angelito de artesanía y a mí me extrañó mucho que una persona fuera al mercado sólo para comprar un ángel. Y por eso pregunté.

—¿Y a qué nos lleva eso, Fernandita?

—A que por alguna razón hoy me desperté pensando que tal vez usted debería comprarle un angelito a doña Elia para pedirle disculpas por la imprudencia de llevarle serenata, sabiendo que ella se va a casar con el gringo.

Le agradeció a Fernanda la amabilidad sin horizontes de haber llegado hasta su casa para darle el consejo bendito que habría de cumplir, según su promesa en ese mismo instante, al pie de la letra.

Fernanda Uzaga se quedó un largo rato más en el patio con Leonidas. Hablaron de temas diversos, de las cosas cotidianas del pueblo en que les había tocado crecer, como si el tema deslumbrador de Elia López estuviera destinado únicamente a las mesas chuecas del Mirador Las Brumas, como si aquella imagen no fuera válida dentro de esos cuadros. Allí, con la noche naciendo bajo los almendros centenarios. Hablaron de Martín, recordaron las anécdotas más destacadas dentro del extenso mar de los días a su lado, hablaron de él como si desde ese momento ya fuera un fantasma presente entre ellos. Al dar las siete ambos decidieron en medio de sus pláticas irse al Mirador a comenzar su noche de todos los días.

Esa noche El Bobo no apareció. Leonidas bebía solo en una mesa. Sus pensamientos volaban vivarachos. Necesitaba al mejor de los ángeles, no para las disculpas de Elia López, sino para apoderase de ella, para hacer suyo aquel ancho cuerpo lavado de estrellas, no, no... A Leonidas Parajón no le interesaban los perdones de aquella mujer y aun menos el gringo invocado en los chismes del pueblo, de ser así no hubiera hecho la serenata, en primer lugar. Le interesaban sólo para él los agujeros negros de los ojos de Elia López, aquellos que hacía algún tiempo se habían posado por primera vez sobre él en la farmacia. De pronto, como de golpe, ya no sólo la amaba... la necesitaba. Las voces chillonas dentro de su cabeza atrofiada le decían que sería suya si él le daba el mejor ejemplar de su colección, que Elia López caería sumisa a lamerle los pies y a jurarle su amor por siempre y para siempre si él, Leonidas Parajón de Asís, el raro, el hombre de negro, el loco, el asesino que dejó morir a su hermano cuando la laguna le llenó los pulmones... si él le daba para su colección variada de seres alados al mejor de los ejemplares, la pieza más deslumbrante en medio de aquellas toneladas de plumas muertas e inservibles. El Mejor de los ángeles.

19

A QUELLA NOCHE LEONIDAS SOÑÓ CON CIENTOS DE seres alados revoloteando inquietos a su alrededor. Soñó con decenas de alas inmensas en un trajín de plumas sinnúmero. Aquella noche soñó que había tantos entes divinos atormentando su pesadilla profunda que no supo elegir entre cuál de todos aquellos querubines y ángeles y arcángeles y legiones de seres alados escoger para que se entregaran sumisos a las voluntades de Elia López, para que al lado de ese ser único que quería para la mujer jugosa de sus sueños, todos sus otros ángeles de yeso languidecieran tristes y sin sentido... Que el angelito hindú de tantos años que sostenía una barrita minúscula de pan viejo, y hasta el antiguo ángel de sus quince años tornaran sus muecas por la eternidad en un gesto de esclavitud para el ser que Leonidas encontraría, para el ejemplar que él daría a Elia. Que el querubín de nalgas protuberantes y cachetes rechonchos se tornara un pálido fantasma, que el angelito con la cotona de campesino tropical que había comprado en el mercado se volviera una mueca ridícula del tiempo.

Leonidas soñó que Bruno Parajón, su hermano, su triste difunto de todos los días, venía como un niño humilde en medio de las brumas de una calle, pero era diferente: un

sonido de alas revoloteando lo precedía, era un ángel...
pero un ángel amorfo, deforme, cuando la luz de los postes
tristes de la calle, la luz del alumbrado público iluminó su
cara de niño atrasado, vio que el niño era un monstruo con
alas, una gárgola salida de las noches en vela, de los días so-
litarios de su tumba olvidada en el cementerio colorido de
Los Almendros.

—Yo soy el regalo perfecto para esa mujer de ojos negros,
para esa potra montuna de pechos gigantes, soy el envolto-
rio, la caja y el deleite de cualquiera... Soy, eso soy: el án-
gel perfecto...

¿O lo era acaso cualquier otro de las alas multicolores que
se le presentaban numerosas, era acaso esa legión innume-
rable de serafines que mariposeaban impacientes esperan-
do que la voz profunda de Leonidas les dijera a uno de ellos
que sí, éste es el elegido, el único digno de sumarse a la vi-
trina de ángeles incontables de Elia, porque tiene esas me-
jillas tan rosadas y esos ojos tan profundos de ternura que
sería imposible decirle que no, que no va a estar en ningún
lado más real que el limbo de sus sueños?

Pero todos esos seres divinos, bellos, de pechos descu-
biertos y sudorosos, empapados por un rocío de perfumes,
de piernas perfectas pero en desuso por andar volando de
aquí para allá... todos, hasta los más majestuosos, blan-
diendo espadas con sus túnicas refulgentes bajo el cielo, no
eran de yeso, sus ojos no estaban hechos de botones des-
prendidos de camisas antiguas, sus brazos no eran de ma-
dera fina, ni sus pies de barro sucio, ni sus alas de plumas
simuladas, ni de plumas de pájaros... todos ellos eran de
carne, todos los rostros angelicales eran de carne. Podía
meter los dedos en cualquier herida de sus costados puros

si tuvieran alguna, pero no la tenían, pero acá, tocándolos, apretando con mis dedos sus brazos y sus muslos se siente la carne trémula y tibia de todos estos fantasmas, inalcanzables, inexistentes. Sentía la carne de niño de Bruno, tan lejana por los años que costaba reconocerla y asimilarla como la carne y el cuerpo con los que Leonidas se había perdido en tantos juegos, en las calles, trepando a los almendros, en la escuela, en la carreta de Leandro Artola o en la laguna, en la laguna donde había extinguido sus últimos segundos de agua antes de ganarse esas alas que lucía tan espectacular, aun muy grandes y pretenciosas para su cuerpo de niño, de gárgola, de niño monstruoso. El barro no existe aquí, el yeso es materia de los santos inservibles de las iglesias, la madera es para los muebles....

Cuando Leonidas despertó había entendido lo que tenía que hacer para encontrarse entre las piernas de Elia López, entre su sexo jugoso sólo para él, entre sus risas continuas... el más perfecto de los ejemplares de su colección de años. Los tenderos del mercado habían dicho que era una colección de años. Lo que tenía que hacer, pensaba en medio de sus sudores de pesadilla interrumpida en la mitad de la noche, los ojos abiertos en la oscuridad de su habitación y el baúl antiguo de Bruno palpitando tras la puerta del sótano, era que no sólo debía conseguir al mejor ángel para que Elia cayera a sus pies como una estatua que claudica ante la multitud, no sólo conseguir al mejor ángel sino a un ángel, uno real como los de su sueño reciente. La mejor pieza de su colección: un ángel de verdad. Leonidas Parajón se dispuso a secuestrar un ángel de verdad.

20

¿**C**ÓMO ATRAPAR UN ÁNGEL DE VERDAD? LA pregunta venía resonando en campanadas, en ecos imprescindibles en la cabeza de Leonidas Parajón. ¿Cómo infiltrarse en medio de las blancuras celestiales para bajar con un ángel amordazado, sometido a sus designios? Los días pasaban para Leonidas en jornadas desérticas dentro de las paredes de su casa de ancianos afligidos, erigida sobre aquel sótano de cachivaches sin valor, propiedad de su familia casi extinta; los días pasaban levantando la vista al cielo celeste, inmenso, buscando alguna fisura para infiltrarse en los firmamentos y recorrer las calles hechas de nubes, para colarse en medio de los ángeles burgueses, como los que habitaban las vitrinas de Elia López.

Las noches siempre habían sido para el Mirador, para él seguían siendo aquellos largos momentos cargados de oscuridad en los que Fernanda Uzaga palidecía viendo su imagen solitaria en la mesa de siempre, soltando palabras al aire, así de solo porque El Bobo, enfermo, permanecía días enteros en casa.

La muchacha, viéndolo allí, iba quedando cada vez más henchida con la figura del hombre más triste del mundo, con su ropa lista para un funeral. Se acercaba a él en segundos fugaces, escapando de la mirada acusadora de Lalo Elizondo, y con su mano en el hombro le decía Ya no esté triste don Leonidas, no me gusta verlo así... Necesito un ángel, Fernanda, un ángel... y la niña sentía una herida honda en su pecho reciente de mujer que florecía, se hundía en la noche por no poder curar la llaga inmensa del hombre que había estado presente en su vida desde que podía recordar.

Y se quedaba solo en la mesa y el bar, con sus fantasmas inventados por su cabeza atrofiada, por las mismas heridas antiguas, ahora de nuevo abiertas, palpitando por el deseo de tener las piernas de Elia López, de sentir el sabor jugoso de su sexo mezclándose con su lengua todas las mañanas por los siglos de los siglos. Así se quedaba con la mirada perdida en el aire sin forma, hasta que Lalo Elizondo con sus brazos de leñador fornido lo levantaba de la silla para decirle que era la hora de partir.

Leonidas vagaba disoluto por las calles sin rumbo, por las mismas calles del mismo pueblo, evitando los bordes de la laguna como siempre lo había hecho, observando y sintiendo cómo el pueblo crecía bajo sus pies, cómo cada día llegaban decenas de obreros a gastar sus horas de corazones trabajadores en construir más y más casas para los nuevos ricos que buscaban el frescor del viejo pueblo, recién descubierto; casas para los que escapaban del infernal ajetreo de rutina y ruido de la ciudad oscura, lejos de Los Almendros.

Solía quedarse observando el monumento a los cuatro mártires de Los Almendros y desviaba la vista para posarla absorto en la casa triste de El Bobo, sin atreverse a entrar por evitar ver en el rostro pesaroso de Amanda Sánchez la dicha

secreta y culpable de que su hijo al fin se estaba murien-
do, de que después de tanto tiempo, esas ciento ochenta y
cuatro libras pesadas que era Martín serían al fin descarga-
das de su espalda cansada. Y así permanecía minutos largos,
viendo absorto la casucha, hasta que una tarde vio abrirse
la puerta apesadumbrada y vio salir la figura encorvada y
torpe de su amigo envuelta en una frazada amarilla. Lo si-
guió con la vista unos segundos en medio de su pecho infla-
mado por la imagen del amigo y luego lo interceptó, frente
a frente, perdiéndose en sus ojos oscuros y fundiéndose en
un abrazo de reencuentro feliz.

En su caminata de palabras atrasadas, Leonidas hizo en-
trar en la mente de su amigo enfermo la necesidad de con-
seguir al ángel, y El Bobo, con su cerebro triste y tullido,
podía ver contento a Leonidas Parajón ascender a los cielos
en medio de una tarde de sol dorado y nubes naranjas, y ba-
jar minutos después sobre las alas inmensas y emplumadas
de un ángel tan seductor que nadie se resistiría a él... Y así
Elia sí te va a querer, cuando te mire llegando en medio de
la tarde con el ángel rubio de alas enormes, enoooooor-
mes, aterrizando en su patio, y esa gorda que tiene de criada
te va a besar los pies y a pedirte perdón por lo que te hizo...

Leonidas cayó en la cuenta pesarosa de que habían cami-
nado por muchas calles, la tarde agónica cedía a la noche y
doña Amanda estaría preocupada por el hijo convaleciente
que había tardado más de lo previsto. Leonidas lo acompa-
ñó a su casa de nuevo, los pilares de los mártires muertos en
la revolución eran sólo unas siluetas oscuras, como recor-
tadas del cielo pálido. Se despidieron pensando que cual-
quier día de éstos un ángel les caería del cielo, creyéndolo
de verdad, deseándolo como una posibilidad tangible.

Martín Ruiz entró a la casa, encontró a su madre dormitando en una silla, agobiada por pesadillas terribles, y la despertó con sus pasos sesgados. Su hermana lo estaba buscando entre las mesas ya concurridas del Mirador.

—¿Dónde andabas, Martín? Me tenías hecha un manojo de nervios.

—Andaba cazando ángeles –contestó el hijo, en medio de una risa tosigosa y decidida, mientras se envolvía más en su frazada amarilla y sin darle la cara a su madre se perdía dentro de la casucha riendo torpemente, siempre riendo.

Leonidas tuvo un camino lento y meditabundo a su casa, envuelto en el frescor de la noche y una luna pura que lo alumbraba todo. Entró por la puerta con un sigilo de fantasma. Don Heliodoro leía el periódico en su sillón después de un día largo y empobrecido entre los estantes de la farmacia. Leía decidido y concienzudo, como siempre lo había hecho, leía noticias de reveses políticos que le parecían tan distantes del panorama convulsionado del país en guerra, de hacía apenas diez años; después de vivir una dictadura encarnizada desde que tenía memoria le parecía inverosímil aquella libertad ociosa.

La puerta se abrió de par en par con un sobresalto, el anciano alzó la vista y vio entrar a su hijo, o al guiñapo triste que quedaba de él en medio de las ansias secretas que lo venían consumiendo desde que Fernanda Uzaga le había hecho la recomendación del ángel. En un segundo estuvieron frente a frente...

—Con vos quería hablar, hijo. No te estaba esperando pero, bueno, necesito que me hagás un favor.

Don Heliodoro habló. Leonidas no escuchaba, estaba abstraído dentro de sus divagaciones. Le pareció, en medio de los vocablos que profería su padre, escuchar el nombre del padre Salinas. Tuvo de nuevo la certeza de que sus padres envejecían con cada palabra que decían.

21

L A ESPERA SE HABÍA VUELTO TAN LÁNGUIDA Y GRIS como el cielo pálido del invierno en ese pueblo. Nunca Elia había pensado, cuando pasó por Los Almendros en compañía de su padre, siendo una chiquilla revoltosa, que iba a vivir una larga espera de amor en ese lugar. Ahora podía recordar a don Alfredo López bañado por el sol fuerte y el polvo de los veranos atroces en el pueblo, caminando con ella del brazo y fumando sin tregua al calor, años antes de la carretera, buscando llegar al pueblo siguiente y esperar un autobús destartalado que los llevaría a la playa.

Ahora, allí sentada en medio de esas cuatro paredes, con su madre abandonada en la capital y su padre muerto desde hacía años, el aburrimiento se apoderaba de los poros de su cuerpo. La Pallina Pérez, perdida entre las verduras frescas del mercado viejo del pueblo, la había dejado sola en casa, con sus pensamientos y el recuerdo de Eric Jacobson besando su cuello marchito por el tiempo de espera. Estaba sola, más de lo que alguna vez había estado, pero la carta de Eric palpitaba, resonando desde el cajón de la mesita de noche frente a los cientos de ojos muertos de sus adornos.

Había esperanza en aquel papel, una esperanza que con cada minuto empezaba a parecer menos distante. Se quedó prendida de sus pensamientos que de pronto fueron invadidos por el recuerdo de la serenata ridícula de Leonidas. Elia no pudo evitar que se escapara una risa abundante en su soledad cuando recordó a la Pallina Pérez corriendo apresurada tras de la camioneta en la que iban en fuga los mariachis junto con el hombre triste de negro. Sin darse cuenta comenzó a pensar en él, en todas las veces que aquel ser minúsculo la había topado en cada esquina del pueblo, de cómo después de la serenata había puesto aquella cara de vergüenza gigante cuando se toparon fuera de la iglesia, y por último recordó algo que no había notado en medio de su ofuscada alegría por la carta de su amante lejano: el rostro de animal frágil, de perro manso a sus órdenes que notó en él, cuando ella, inmensa y segura, había regalado como limosna su sonrisa de saludo cortés la noche aquella en el bar Las Brumas.

Rio un poco por el recuerdo de aquel hombre tan triste… Después de la vida que ha tenido, pensó Elia, después de todos los rumores del pueblo que me trae la Pallina, después de que dicen que cuando era niño se volvió loco y veía fantasmas y cosas. Decían que se vestía de negro porque era amigo del diablo y que por eso había tenido aquellas visiones. Pero ésas eran patrañas. El hombre era esquizofrénico, lo habían mantenido en tratamiento en la capital… Pobre hombre, ¿qué estaría haciendo?

Era un sábado nublado, sin una gota de lluvia, Elia López recordó que los sábados era Leonidas Parajón quien atendía la farmacia de su padre. Minutos después la mujer maciza tomaba un abrigo y surcaba las calles del pueblo. Inspirada por una lástima poderosa iba camino a ver a aquel hombre.

Fernanda Uzaga a esa hora aún estaba en su casa. En unos minutos tomaría el mismo rumbo que Elia López hacia la farmacia Parajón de Asís. Estaba sentada sobre un sillón de petate raído y tranquila miraba el desarrollo de un día inusitado en la rutina de cuidar a su abuela. Tenía un precioso ángel de porcelana blanca entre sus manos, se lo había pedido por teléfono el día anterior a su tía Jacinta, que ahora, mientras ella contemplaba el ejemplar, se encargaba de atender todos los menesteres variados de su madre casi ciega. Jacinta Ramos era la hija mayor de su abuela Florencia, en realidad la única voz que le hablaba a Fernanda de su madre, la cual había fallecido dándola a luz, y de su padre, muerto en el período de la revolución. Fernanda sólo recordaba de su padre vestigios luminosos de sus visitas clandestinas al pueblo, sin embargo siempre se había sentido orgullosa de él: había caído en un combate en la frontera norte contra una escuadra de contrarrevolucionarios que entraban al país.

Jacinta vivía desde hacía algunos años en la capital con su marido, luego de haber conseguido un empleo más rentable que el que ejercía como un don nadie completo, en medio de las calles de aquel pueblo que no parecía prosperar. Cuando doña Florencia Miranda aún tenía su vista intacta y su lucidez y fuerza no se habían ido hundiendo en el tiempo, cuidaba a la niña Fernandita. En esos días era una asidua visitante de la casa de los Parajón y una fiel amiga de doña Eugenia de Asís, hasta el momento en que tenían que regresar a casa y Florencia debía arrancar a la niña de los brazos de Leonidas, su eterno compañero de juegos. Nadie, sin embargo, se había percatado en qué momento las cosas fueron cambiando y pronto la niña era la que tenía que guiar a la abuela, que en cuestión de pocos años fue perdiendo la lucidez y la vista, en una picada veloz.

Jacinta había insistido en internar a la señora en el Asilo de Ancianos del Divino Niño de Los Almendros, pero Fernanda se había rehusado, alegando que no era ninguna molestia para ella la carga de aquella mujer, que había sido la única figura maternal en su vida. Así había ido cumpliendo con la responsabilidad enorme de cuidar a la anciana en el día y dejarla en cama por las noches, para trabajar en el Mirador de Lalo Elizondo y poder sostenerse con el dinero ganado más el dinero que le proporcionaba su tía Jacinta en visitas como ésa. De allí había nacido el amor incondicional de Jacinta Ramos, de allí había nacido esa complacencia por su sobrina a la que iba notando más adulta en cada vista, con una luz de madurez en sus pupilas. Gracias a todo ese cariño y deuda, fue que el día anterior se había desvivido en numerosas tiendas después de que su sobrina le dijera por teléfono que quería de regalo un ángel de porcelana. El ángel que ahora tenía en las manos, con el que procuraría darle la felicidad a Leonidas Parajón a través de Elia López, que por aquellos momentos en los que Fernanda Uzaga salía de casa, entraba resuelta a la farmacia de los Parajón y arrinconaba a Leonidas, tembloroso tras el mostrador, por la cercanía de aquella aparición.

La había visto entrar envuelta en un manto virginal, con la aureola más luminosa que el fulgor incandescente del sol de las playas. Al compás de sus movimientos lentos venían sobre ella dos querubines sonrosados que le precedían en su camino. Su voz sonaba como las voces agudas de una sinfonía de notas sobrenaturales, aquellas palabras quedaban retumbando en medio de las paredes de la farmacia reducida, tan reducida para la imagen gigantesca que no era en realidad más que la figura pequeña y morena de Elia López diciéndole con su voz aguda de ríos fluyendo Qué tal don Leonidas, un placer verlo, pues pasaba por estos lados y me acordé de usted y pues vine a verlo, pues, a saludarlo, a pedirle disculpas de nuevo por lo de la noche aquella, ¡ay! es que viera que me da tanta vergüenza. No, usted no se preocupe por eso ni me diga esas cosas que más vergüenza tengo yo, pero bueno pues veo que está bien, si se le ofrece algo pues ya sabe que estoy en la casa y usted me avisa, me saluda a su papá que no lo veo desde aquella vez en misa. ¡Tan linda gente que es don Heliodoro! Pero bueno creo que lo voy dejando porque tengo muchas cosas que hacer, tal vez me topo con la Pallina en el mercado viejo, ya ve que ella es tan buena pero hay muchas veces que me lleva cosas que no necesito, por no llevarme mis verdaderas necesidades. Voy saliendo, don Leonidas, un gusto verlo.

Y se fue, dejando la tarde vacía, dejando los espacios demacrados y las paredes de la farmacia amplia, fría. Leonidas aún temblaba sin creer, sin dar crédito ni siquiera por un segundo que lo que acababa de acontecer no era otro de sus numerosos delirios, y que aquella mujer, que se detuvo un segundo en el umbral de la puerta, acababa de salir de la farmacia sin la necesidad de haber comprado una mísera pastilla, sino por venir a saludarlo, a romper su monotonía de sábado aburrido, a romper el esquema de sus treinta y seis años de vida, sin precedentes.

Elia López se alejó de la farmacia, sus labios se movieron murmurando una frase lastimera: Pobre hombre. Su visita había sido inspirada por la lástima. Leonidas Parajón siempre había sido ese *pobre hombre*. La mujer se sentía bien por haberlo visitado, por haber amortiguado un poco sus heridas hondas de tantos años con el favor irrevocable de su figura. Seguía caminando sin percatarse siquiera que aquel hombre fúnebre la seguía de cerca, a unas cuadras de distancia, y la veía contonearse de espaldas con sus caderas inevitables y sus piernas firmes. La seguía con cautela de felino acechador, habiendo abandonado la farmacia a su suerte, siguiendo el embrujo de su cabello negro bailando sobre su espalda, viendo también tras de ella a sus ángeles de la guarda, no podían ser más que ángeles de la guarda aquellos que la seguían de cerca con unas lanzas inmensas listas para atravesar la carne de cualquiera que intentara agredir a aquella hembra... Entonces sí existen los ángeles, entonces sí es posible encontrar alguno un día, desmayado sobre una calle, y llevárselo a ella, amordazado para que no reclamara que su destino era pasar a ser el más brillante de sus ángeles de colección, más bello que esos dos guardaespaldas alados que la seguían de cerca y que ella no podía ver.

Elia López no sabía que Leonidas la acechaba de cerca, que seguía sus pasos como por el olor de sus pisadas. Ella seguía fija en el camino, en los recuerdos de su visita al hombre triste, como quien acaba de visitar a un preso injustamente encerrado. Levantó sus ojos para ver a una jovencita que caminaba en dirección a ella, y cuando sus ojos se toparon le pareció tan familiar que estaba segura de haberla visto en otro lado, pero dejó la idea en ese mismo momento como una reflexión desechable.

Era Fernanda Uzaga, que traía el ángel de porcelana de la tía Jacinta entre sus manos. La muchacha había quedado paralizada cuando vio venir a Elia caminando frente a ella, pero ya era muy tarde para echar marcha atrás, sus miradas se cruzaron y se perdieron después de chocar sin siquiera voltear la cabeza. Fernanda respiró aliviada y siguió su camino a la farmacia con un temblor en sus piernas, después de pocos pasos vio venir hacia ella a la sombra silenciosa que era Leonidas Parajón. El hombre venía embrujado por fuerzas mayores en medio de su cara desorbitada y sus movimientos de felino.

Fernanda se sorprendió.

—¿Qué hace aquí, don Leo? Lo iba ir a buscar a la farmacia —dijo sorprendida, mientras tapaba entre sus manos el regalo que le traía—. ¿Se siente bien?

—Estoy bien, Fernandita, por eso no te preocupés, sólo ando un poco inquieto con eso de buscar un ángel.

—Fíjese que de eso le venía a hablar, es que le conseguí este regalito, para que se lo dé a doña Elia, va a ver que le va a encantar, es precioso.

Fernanda Uzaga le extendió entonces aquella pieza de porcelana descubriendo toda su belleza mientras la posaba en la mano enclenque de Leonidas, que todavía alucinaba levemente en medio de las voces que lo llamaban de las alturas. Tomó el ángel. Apenas lo miró unos segundos:

—¡Ay niña! Esto no es un ángel, es un pedazo de porcelana.

Lo devolvió a las manos de la muchacha, dio media vuelta y volvió sobre sus pasos. Elia López ya se había perdido tras la esquina.

Fernanda sintió un dolor en el pecho, un dolor nuevo, que no había sentido antes, como si mil trozos de vidrio le triturasen desde dentro hacia fuera. Vio alejarse al hombre en medio de sus delirios y dejó caer el ángel sobre el embaldosado, haciéndose mil pedazos.

22

EL BOBO ERA UN MONSTRUO, ESO HABÍA SIDO
siempre para la gente que lo miraba navegar las calles
del pueblo con sus brazos inmóviles y sus pasos tor-
pes, aquel hilo de baba repugnante siempre colgándole hasta
el pecho, empapando su camisa, siempre igual, como estaba
ahora, contando los minutos desvanecerse en el aire, sentado
en una silla de plástico verde en el porche improvisado, en
la casa donde su madre lo sacaba a matar los ratos ociosos, a
contemplar el monumento a los mártires y el pasar incesan-
te de los autos por la carretera, a ver a los transeúntes cami-
nar entre risas o sumidos en pensamientos meditabundos o
en un correr apresurado, como en ese momento, en que la
silueta de Leonidas Parajón se hacía cada vez más cercana.

Leonidas divisó a su amigo sentado apacible en su silla,
aceleró el paso para llegar más pronto y escupir las noticias
maravillosas que le traía. Una sonrisa inmensa venía dibuja-
da en su rostro. Cuando Martín lo divisó se levantó de su silla
y torpemente salió a su encuentro entre tumbos de su correr
defectuoso. Había pasado algo extraordinario.

Leonidas había amanecido en medio de un portento-
so ataque de delirios y voces de otro mundo que intenta-
ba ocultar a sus padres, voces que no le dejaban en paz un

segundo para continuar su descanso de flojo eterno. Se había levantado de su cama en medio de sus delirios y al encontrarse en la casa con don Heliodoro éste le recordó que hacía muchos días le había pedido un favor que el hijo olvidadizo no había cumplido aún, con su autoridad de dueño y señor de casa impuso su voz de tormenta contra él para hacer cumplir ese mismo día su voluntad. En su nuevo afán por tener el agrado del padre Miguel Salinas, don Heliodoro, sin tiempo por las tardes, debido a los menesteres de la farmacia, y habiendo faltado dos veces seguidas a la misa dominical por sus viajes a la capital a abastecerse de productos, había mandado a su hijo mayor a la parroquia a extender una invitación cordial al padre Salinas para almorzar en casa luego de la misa del siguiente domingo.

Leonidas, apesadumbrado y de mala gana por el encargo del padre, emprendió su camino a la Iglesia de Nuestra Señora de la Asunción acompañado de sus alucinaciones de demonios entre las copas de los árboles, demonios enjutos y livianos que lo miraban fijo a los ojos, llamándolo a voces que él ignoraba, movido por un terror muy grande desde la primera vez, hacía tanto tiempo ya, que había visto a uno de esos seres que poblaban su mente.

Cuando llegó a la iglesia, intimidado por el silencio del templo vacío, buscó con su vista de escudriñador alguna señal del padre Miguel. Vio una fila de tres mujeres arrepentidas fuera del confesionario y pudo adivinar al padre Miguel asándose dentro de aquel cubículo estrecho en medio del calor húmedo que había dejado la lluvia mañanera. La mujer que seguía en la fila era Matilda, la viuda del doctor Serrano, la cual saludó a Leonidas con un ademán de mano tan discreto que el hombre de negro dudó en corresponder.

Pasado unos minutos, del confesionario salió un hombre de edad madura con una sonrisa grande, más liviano sin el peso de las culpas de las que creía haberse librado gracias a las palabras del párroco vigoroso. Doña Matilda entró de manera inmediata y Leonidas comenzó a impacientarse dentro de la inmensa nave de la iglesia. Sentía un calor vertiginoso. Y de pronto, le contaba emocionado a Martín Ruiz frente a frente, Comencé a oír los gemidos del Cristo de yeso que estaba clavado agónico en aquella cruz de palo. Primero eran unos lamentos suaves y discretos, aunque no me creás, pero después eran unos gritos tortuosos que no me dejaban en paz, tenía que estar allí sentado en aquella banca tan solo, escuchando a aquel hombre medio desnudo gritar por no poder bajar de aquella cruz y que el dolor puntudo de aquellos clavos le desgarrara la carne por los siglos de los siglos... Doña Matilda parecía llevar una eternidad dentro del confesionario, hasta las dos mujeres que faltaban se estaban impacientando, me levanté de aquella banca y empecé a alejarme del salón vacío, pero sin poder darle la espalda a aquel hombre que se desangraba; sí, yo sé, Martín, yo pensé lo mismo, el padre Miguel es tan malo en tener a ese hombre desangrándose allí como adorno en vez de ayudarlo... pero bueno, entonces fue que choqué de espaldas contra un pedestal enorme y escuché aquella voz tan bella, la voz más bella que yo he escuchado en mi vida, tan bella que hasta hizo callar de un solo golpe los lamentos del Cristo: *Cuidado por donde camina*.... Eso fue lo que me dijo la voz, no lo voy a olvidar nunca, *Cuidado por donde camina*... Entonces volteé la cara y lo vi Martín, lo vi, era un ángel, sí Martín, un ángel de carne y hueso, no, no yeso ¡hueso! Pero era un ángel, un ángel de verdad, con un rostro perfecto, era rubio y fuerte, llevaba una armadura plateada que no podría atravesar ni una bomba, sus alas eran una majestuosidad desplegada, llevaba una balanza de oro puro en su mano izquierda y una espada refulgente y regia en la derecha con la que estaba a punto de atravesar la carne de un demonio que se retorcía a sus pies...

En ese momento preciso, espantado por aquella visión magnífica, Leonidas Parajón salió apresurado del lugar dejando atrás cualquier favor a don Heliodoro. En lo único que podía pensar era en aquella aparición magnífica, en aquel ser tan deseado por él, que había llegado hasta su vista como el mensajero de que pronto Elia López sería su mujer por el resto de sus vidas. Inmediatamente corrió desde la iglesia hasta la casa de Martín Ruiz, el retrasado, su amigo, el único en el pueblo, en el país y en el mundo entero que podría creerle.

—Y ¿qué vamos a hacer para que Elia tenga ese ángel?

—Eso es fácil, Martín, hay que volver un día a la iglesia y llevárselo de ahí.

Se abrazaron. Aquel ser alado había bajado de las alturas como exigían las fantasías de Leonidas y celebraron que pronto sería el regalo perfecto para Elia López, que le quedaría eternamente agradecida.

23

D ESDE LA VEZ QUE FERNANDA UZAGA HABÍA VISTO
los trozos del ángel de porcelana destrozado sobre
el pavimento de la carretera, hacía ya dos semanas
que no había tenido ninguna noticia de la sombra oscura de
Leonidas Parajón. Había andado días enteros en la tarea te-
diosa de cuidar a Florencia Miranda, cada vez más ciega y
marchita. Vivía madrugadas eternas, tardes estáticas al cui-
dado de su abuela, luego surcaba la calle de las ocho de la
noche con el tráfico florido de la carretera para llegar al Mi-
rador y ponerse a las órdenes de Lalo Elizondo, en los me-
nesteres de aquel bar magnífico que tarde o temprano sería
un fantasma del pueblo en progreso.

Leonidas, sin embargo, no llegaba a pensar en la espera
que la muchacha tenía de su figura oscura. Ella quería ver-
le. Saber por qué entre todos los halagos y favores que había
tenido con ella desde niña, había despreciado aquel bello
adorno de porcelana que le había obsequiado con el mayor
de los placeres para que Elia López fuera su mujer querida
y abandonara a aquel gringo anónimo que la hacía esperar
horas de tortura. Pero Leonidas no llegaba.

El hombre fúnebre de la familia Parajón estaba enfras-
cado con Martín Ruiz en los planes malévolos de poseer

aquel ángel vivo que permanecía en la iglesia del padre Salinas.

Fernanda se quedaba horas de elástico esperando a que Leonidas cruzara el umbral del bar, pero al final de cada noche debía regresar sola a su casa entre el frío arrollador del pueblo.

Desde aquel día en que Leonidas había tenido la visión maravillosa de su ángel salvador sus días habían dado un vuelco obsesivo en que consumía sus minutos. Se levantaba en medio de sudores viscosos a la mitad de la madrugada con el pensamiento único de hacerse de aquel ser de alas regias y voz hermosa para Elia López.

Sus días estaban dedicados a la reunión con su amigo enfermo para encontrar el modo más fácil de sacar al ángel de aquella iglesia vieja en la que era prisionero del padre Salinas. Fue así, en aquellas pláticas enormes sobre el ángel, que los dos hombres atrofiados llegaron a la conclusión certera de que en la siguiente madrugada de lluvia que les regalara aquel invierno fecundo saldrían a las calles desoladas por el agua y entrarían a la iglesia para sacar el ángel en la carretilla desvencijada que Amanda Sánchez usaba para la leña de su fogón de domingo.

Fernanda seguía aguardando a Leonidas, lánguida y desesperada, temerosa de ir a buscarle a su casa, y seguía esperándolo tras la barra del bar mientras él celebraba su plan magnífico, esperando la lluvia, ansioso, sólo esperando la lluvia.

24

TRES DÍAS COMPLETOS DE ESPERA ESTUVO MARTÍN
Ruiz en la casa de los Parajón con sus ataques de
respiración forzada, con la carreta de la Amanda
Sánchez escamoteada en el patio, antes de que el aguacero
esperado por él y Leonidas cayera azotando duramente al
pueblo en la madrugada de un martes. Los despertó el ruidaje del torrencial feroz y ambos comprendieron que había llegado el momento ansiado desde que idearon el plan perfecto. Leonidas fijó la vista en el dintel de su puerta, el reloj marcaba la una y cincuenta minutos de la madrugada. Se espabilaron, se vistieron sigilosamente, con toda calma y cuidado de no despertar a doña Eugenia y a don Heliodoro. Todos los sonidos se los tragaba el enorme torrencial de agua.

Salieron del cuarto a la sala en penumbras. Leonidas se apresuró a la puerta trasera que colindaba con el patio, la abrió y se entregó de lleno al agua que caía feroz. Regresó a la sala hecho un guiñapo húmedo, empujando con sigilo la carretilla. Martín lo esperaba, entre las sombras, con la mirada perdida en el retrato amarillo del hermano muerto. Antes de salir de la casa Leonidas fue a la cocina y tomó un ancho cuchillo afilado y lo guardó en el cinto de su pantalón, sintiendo la cosquilla fría del metal contra su pierna.

Cuando abrieron la puerta principal se encontraron con el espectáculo ya conocido por todos en Los Almendros: la lluvia corría a caudales por el suelo, convirtiendo los caminos en ríos de lodo y la carretera en una especie de cauce ligero que arrastraba el torrencial líquido desde las partes más altas del poblado. La lluvia era sin duda de las más fuertes de ese invierno.

La visibilidad era casi nula, los dos hombres perdían con escasa diferencia la visión de ellos mismos y caminaban dificultosos contra la corriente. Leonidas cada diez segundos tenía que parar a descargar el agua que se estancaba en la carretilla para aligerar su carga. Caminaron sobre la carretera sin el más mínimo temor de ser vistos a esas horas y en esas condiciones, sólo con la probabilidad casi nula de que un vehículo los arrollara antes de llegar a la iglesia.

El camino se hizo más tedioso que de costumbre, más alargado por el peso del agua feroz sobre sus cabezas. Dentro de la mente de Leonidas crecía a cada paso la ilusión inmensa de saberse dueño de aquella mujer, de saberse el amo de su piel de morena indómita, de morder hasta sangrar aquellos labios de deseable finura que le habían causado tantos delirios, de saberse el dueño de muchas serenatas más que vendrían por petición de Elia, mientras la Pallina Pérez tendría que servirle como esclava. Todo ello crecía cada vez más, con la ilusión de apoderarse de aquel ser alado, aquel dios luminoso con la voz celestial. Mientras estos pensamientos lo asaltaban en la oscuridad de la noche inundada, supo que podía gritar en aquel momento su amor infinito por Elia López. Supo que nadie lo oiría, más que El Bobo que caminaba empapado a su lado. Empujó entonces más fuerte la carretilla. Aceleró el paso y con su mano derecha comprobó que el cuchillo de cocina que había tomado antes de salir de casa seguía prensado dentro de sus pantalones.

Al tener la silueta difícil del templo frente a sus dos pares de ojos sedientos, una conmoción desconocida los recorrió junto a un frío extraño por la médula. Los pálpitos del corazón de Leonidas se aceleraron junto a la certeza de hacerse con el ángel a toda costa.

José Vigil dormitaba a intervalos cuando columbró las dos sombras sigilosas acercándose cada vez más, primero creyó que eran dos indigentes en busca de refugio contra el temporal violento, hasta que vio el refulgir de todos sus años de vida en la hoja brillante del cuchillo que uno de los dos hombres desenfundó en un segundo a unos metros de él. El velador se llevó inmediatamente el silbato a la boca y comenzó una alarma desenfrenada de pitidos que se tragaba el ruido de la lluvia cuando el cuchillo entero le cortó las entrañas con una sensación nueva y dolorosa. Lo último que alcanzó a ver fue el rostro de su asesino y expiró de inmediato sin entenderlo.

Por unos segundos Leonidas Parajón estuvo abrazando el cuerpo inerte de José Vigil en lo que parecía un macabro vals bajo la lluvia. Sabía que acababa de convertirse en un asesino pero le alegraba haber eliminado ese obstáculo que le impedía acercarse al ángel de Elia López.

Martín Ruiz sostenía la carreta cuando su compañero dejó caer bocabajo el cadáver sobre la baldosa del atrio. Su última mueca: la de un dolor intenso.

—Había que hacerlo —le gritó Leonidas—. Era un obstáculo.

El enfermo asintió y empujó la carreta hacia el umbral del templo, las puertas estaban sin trancas y sólo hubo que empujarlas. Pronto se vieron dentro de la iglesia en penumbra. Los ojos de los santos de yeso los observaban acusadores. Allí, a la luz atronadora de los relámpagos que llevaban rato refulgiendo en el cielo negro se vieron cara a cara con la estatua imponente de San Miguel Arcángel, que reposaba inmóvil y lista para el combate sobre su pedestal.

—Allí está –le dijo Leonidas a Martín mientras lo señalaba–, es él.

Le ordenó que pusiera la carretilla en la base del pedestal y que lo aguardara allí. En medio de la oscuridad y su desorientación, Leonidas se fue abriendo campo con el cuchillo desenvainado entre las bancas de la iglesia dormida. Se dirigía a la casa cural, el padre Miguel Salinas significaba el mayor de los obstáculos, quizás había oído la alarma del cuidador difunto, quizás en estos momentos lo aguardaba listo para sorprenderlo en el acto, en el robo del ángel.

Llegó a la puerta trasera que colindaba con el patio, la abrió sin dificultad y salió a la lluvia, acercándose cada vez más a la pequeña covacha del clérigo. De las ventanas se desprendían las luces encendidas del interior. Se fue acercando con pasos cortos y pausados mientras las gotas violentas chocaban contra su rostro. Cuando Leonidas estuvo a dos pasos de la puerta del cura lo interrumpieron unos gritos agónicos de mujer en éxtasis, gemidos de mujer rendida. Avanzó unos pasos más y con sigilo asomó la cara por la ventana. Descubrió los cuerpos desnudos del padre Salinas junto a las carnes flácidas de la viuda del doctor Serrano, ambos en un éxtasis de amores revoltosos sobre la cama del cura joven, junto a las ropas inertes y negras de la viuda y del sacerdote revueltas en el piso, en una confusión del luto, mientras el sacerdote castigaba con su férreo pilar las profundidades de la viuda.

Leonidas no se sorprendió, comprendió que en ese instante no podía hacer nada contra ellos, tenía que darse prisa en llevarse al ángel. Se dio media vuelta y corrió sobre sus pasos hasta encontrarse con El Bobo, que con su fuerza de bestia, montado en el pedestal, hacía el esfuerzo de empujar la escultura a la carretilla. Sólo fue cuestión de que Leonidas lo recibiera con cautela y débil dificultad, para que en la premura del hombre de negro, el ángel estuviera montado y recostado en la carretilla.

Salieron de la Iglesia de Nuestra Señora de la Asunción en una carrera moderada, casi atropellando el cadáver mudo y empapado de José Vigil, dejando atrás el último grito liberador del padre Salinas haciendo su voladura de volcán dormido.

Nadie a esa hora, bajo el diluvio que empezaba a disiparse, los vio correr sobre la carretera durante el camino de regreso. Entraron a la casa hechos una sopa insuperable de agua, dejaron la carretilla en la sala mientras entre los dos levantaban al ángel para llevarlo cargado a la habitación de Leonidas. Una vez dentro, Leonidas cayó en la cuenta lógica de que no podía tenerlo allí. Levantó la alfombra, y tomó la escotilla del sótano que esperaba silenciosa, la abrió y se desplegaron ante sus ojos las escaleras. Entonces bajaron con cautela con el ángel en brazos.

—¿Verdad que se le siente la carne, Martín? —preguntó Leonidas mientras apretaba más fuerte entre sus dedos el yeso inerte de la imagen. Y en efecto, El Bobo podía sentir la tersa piel de la carne gloriosa de aquel ser como no había visto ningún otro. Lo pusieron sobre una mesa inservible con una pata coja, en medio de los cachivaches antiguos de la familia. Era la primera vez que Martín Ruiz entraba en aquel lugar, le parecía un mundo fantástico e inexplorado de mil cosas por descubrir. Se sentaron exhaustos sobre el piso polvoso, convirtiéndose en un revoltijo de lodo en medio de sus ropas mojadas. Sus corazones exaltados cabalgaban incontrolables, ni siquiera se vieron el uno al otro por la fascinación inexplicable de no despegar la vista del ángel. A cada uno le decía cosas distintas.

¿Por qué me traen acá? Yo estaba bien en mi paraíso, quiero que me devuelvan. ¿Qué es este lugar? ¿Quiénes son ustedes? ¿Asesinos? ¿Ladrones? Han de devolverme o sentirán la furia de mi espada y mi combate.

Cada cual escuchaba palabras distintas, era la voz más bella que habrían de oír por el resto de sus días.

Subieron casi con el amanecer, llevaron la carretilla al patio trasero, se cambiaron la ropa y en silencio limpiaron el desastre de lodo en la sala. Luego se fueron a dormir.

Cada uno soñó cosas diferentes. Leonidas Parajón estaba, después de tantos años, contento. El Bobo no paró de toser durante todo su sueño. El pueblo amanecía envuelto en una bruma tan espesa como el misterio que se cernía sobre él.

ANTES DE QUE APARECIERAN LAS PRIMERAS LUCES EN el cielo de aquel martes, Matilda viuda de Serrano se despertó de los brazos portentosos del padre Miguel Salinas, se vistió de pie sin perturbar el sueño del hombre y salió como otras veces por la puerta de la cabaña cural, bordeando la iglesia.

A aquellas horas, con el pueblo convertido en un charco enorme, la laguna rebalsada y la bruma espesa luchando contra la oscuridad agónica de la madrugada, doña Matilda abandonó el atrio sin notar el cadáver solitario de José Vigil, tronchado sobre la baldosa, bocabajo, como ahogado en el charco de agua que lo rodeaba. Abandonó el lugar como un fantasma oscuro flotando entre la niebla hasta llegar a su casa.

Fue hasta las cinco y media de la mañana, casi una hora después, que el padre Salinas descubrió el cadáver. Se había levantado al notarse solo en la cama y recordar la noche anterior. Miró el reloj de pulsera que tenía desde el tiempo del orfelinato en Brasil, vio que era hora de entrar en el calor de su día. Aún sus carnes olían al perfume intenso de la viuda, aspiró fuerte la esencia y salió de la casita a recibir el frescor friolento de la mañana humedecida. Entró a la iglesia, se extrañó de no ver a don José, barriendo la nave del templo con su escoba chueca, como era usual. Salió por la puerta principal del santuario y lo encontró como llevaba las últimas horas: inmóvil sobre sí mismo, muerto con la misma mueca de dolor y extrañeza con que lo había dejado su asesino. El susto fue enorme, su sangre se aceleró loca a través de las venas, corrió a su encuentro y con ternura desesperada le dio la vuelta para encontrarse con el rostro de ojos entrecerrados. Al principio no entendía lo que había ocasionado la muerte, pues toda la sangre había sido lavada por las horas continuas de lluvia. Con sus ojos de piedad recobrada dio con la abertura fatal de la herida, unos centímetros arriba del ombligo. Y gritó por ayuda.

Rodrigo Beltrán, jefe de la estación de policía de Los Almendros, estaba empezando otra mañana de encierro dentro de su minúscula oficina cuando la bullaranga que venía de la calle entró hasta su exiguo recinto bajo la forma de un nervioso oficial de policía, el cual trataba de informar que había ocurrido un asesinato. Beltrán sintió que un golpe de electricidad le recorría el espinazo y removía cinco años de servicio aburrido. Desde que estaba al mando de esa tranquila estación policial nunca ocurrían altercados mayores que los escándalos por borracheras excesivas, la mayoría de las veces en el restaurante de Lalo Elizondo.

Sin decir una sola palabra, comprendiendo la magnitud de la noticia, Beltrán tomó su gorra con la insignia de la Policía Nacional y siguió al oficial fuera de la estación. Allí estaba el padre Salinas rezando entre dientes, su rostro inmerso en una palidez mortecina.

—¡Jefe Beltrán! –exclamó el clérigo al ver al hombre–. ¡Una tragedia inmensa! Mataron a don José.

En ese momento la mente de Beltrán ubicó al manso conserje de la iglesia, mientras, en una escena trágica, el padre Salinas se abalanzó buscando un abrazo consolador hacia el oficial superior de la policía.

Camino a la iglesia, junto con una patrulla de agentes, Rodrigo Beltrán se percataba poco a poco de la magnitud del hecho.

El atrio de la iglesia estaba atestado de pueblerinos curiosos y anonadados por el cadáver frío, cubierto por una sábana blanca que el padre Salinas había puesto sobre el cuerpo antes de correr a la estación. El jefe Beltrán se acercó decidido y se abrió paso con ayuda de dos de sus hombres. Se arrodilló ante el cuerpo, y por primera vez en su carrera policial, levantó la sábana para ver directamente a los ojos de un muerto. El cadáver lucía pálido y empapado, no había rastros de sangre en la ropa. Siguió el examen hasta dar con la rasgadura de la camisa, por donde claramente había penetrado el cuchillo; vio la herida abierta, entre sonrosada y blancuzca, que le había causado la muerte. Beltrán se sintió irreal, como divagando en un sueño confuso o en alguna densa nebulosa de alcohol.

Con voz firme, el jefe de policía pidió que se llevaran el cuerpo y en cuestión de quince minutos ya descansaba en la estación de policía, esperando ser trasladado a la capital para el examen rutinario del forense. El atrio de la iglesia se volvió entonces un charco de lodo en convulsión, cientos de pisadas de civiles curiosos y uniformados que parecían recorrer todo el recinto.

—¿Y usted, padre, no oyó nada?

—Es que tengo el sueño pesado...

—¿Y no vio nada?

—¿Cómo voy a ver si estaba dormido y con el ruido de la lluvia...?

—¿Hay objetos de valor en la sacristía que hagan falta?

—No. No hay nada de valor...

—¿No se le ocurre cuál fue el motivo que tuvo el atacante?

—No, no tengo idea.

Unas horas después, cuando sonaron las campanadas de la iglesia, ya todos estaban enterados de que la sangre de un hombre se había derramado en la madrugada agitada y diluvial de ese día. Aquel doblar lúgubre de campanas era la confirmación inexorable de que el pueblo estaba sucio de sangre, de que la modernidad se venía expandiendo sobre los caminos de polvo como el asfalto oscuro de la carretera.

Entre el delirio de los sueños felices, a Leonidas Parajón le pareció escuchar el toque fúnebre del campanario de la iglesia. Recordó entonces que había matado a un hombre, pero no le importó, y una sonrisa se dibujó en sus labios al recordar el tesoro de carne y hueso que guardaba en el sótano. Un regalo para la mujer de sus sueños.

Cuando el padre Miguel Salinas bajó cansado del campanario al altar mayor, ya con el recinto a medio vaciarse del escándalo de gente, levantó la vista hacia los santos buscando consuelo y fue allí cuando notó algo extraño. Un vacío en su paraíso de imágenes de yeso. San Miguel Arcángel había desaparecido.

26

A LAS SIETE DE LA NOCHE DEL DÍA DEL ASESINATO el pueblo entero se hallaba en una conmoción insólita, en un torbellino confuso e irreal, y para muchos, más que el choque de la muerte del conserje manso de la iglesia, pesaba la terrible interrogativa de la desaparición de la imagen del ángel.

Nunca en la vida estas cosas se habían visto aquí, esto es horrible, el mundo completo se nos está viniendo encima, ya ni siquiera aquí se puede estar tranquilo, la gente que escapa de la ciudad nos ha venido a invadir y a romper nuestra quietud... ¿Y en qué acaba todo esto? En muerte, en sacrilegio, no respetaron ni el suelo sagrado de la iglesia, se burlaron de la casa del Señor llenándola de la sangre de ese pobre hombre... Y quién sabe dónde tendrán al pobre de San Miguelito, tirado en qué basurero. ¿Qué horror habrán hecho con la imagen tan bella del ángel?

—Hoy no es día para salir, Leonidas —le dijo doña Eugenia de Asís, conmocionada—. Mirá lo que está pasando.

Al hijo no pareció importarle, sabía más que nadie que el asesino no lo atacaría a él. Cuando se levantó, sus padres le refirieron toda la historia exagerada que el pueblo iba modificando de boca en boca. Leonidas no pareció sorprendido, en su mente sólo crecía la alegría tangible de tener el regalo para Elia López. Despachó en la tarde a Martín, que lleno de emoción por su amigo se despidió con una inmensa sonrisa y se perdió por la calle hasta que su tos nebulosa se hizo un ruido más de la distancia. *Me saluda al Ángel.*

—Te digo que hoy no es día para salir, todo el mundo anda como loco.

—Mamá, nada está pasando, la gente que mató a don José no debe ser de aquí del pueblo… Esa es gente de pasada, como la que mató a la señora aquella que vivía sola, hace como diez años.

Leonidas tomó su sombrero negro y se lo puso con una prestancia sigilosa de señor elegante, abrió la puerta de la casa y se camufló en la noche. Caía una brisa tan ligera que era invisible. Iba sonriendo.

El Mirador Las Brumas estaba a reventar cuando Leonidas Parajón cruzó el umbral. Era martes y no era normal ver el lugar tan lleno. Ubicó a Fernanda Uzaga en su ajetreo entre las mesas y se abrió paso hasta ella.

—¿Y esto? –le preguntó.

Fernanda se asustó al verlo tan cerca de golpe:

—Es por el muerto y la estatua del ángel, todo el mundo está platicando de eso. No es por ser mala, pero parece que por primera vez pasó algo interesante en el pueblo.

El corazón de Fernanda se aceleró: Leonidas había vuelto. El resentimiento a causa del desaire inexplicable de Leonidas al devolverle el ángel de sus ilusiones segundos antes de que lo dejara caer sobre el pavimento se había ido evaporando con los días y era ahora consumido por su oscura presencia gigantesca, que se tragaba todo el concurrido lugar.

El hombre echó un largo vistazo a su alrededor, había muchos rostros desconocidos, gentes raras que apuraban apagadas cervezas en medio del tumulto de murmullos incomprensibles. Eran periodistas. Esa misma mañana Los Almendros se había llenado de reporteros de casi todos los medios, que llegaban a cubrir el sacrílego crimen. El robo del ángel protagonizaba las conversaciones del pueblo, como si el cadáver de José Vigil con su estocada mortal no fuese importante. Todos suponían que el vigilante había sido asesinado para llegar a la estatua del ser alado, nadie sin embargo se podía explicar el robo, los medios por los cuales alguien irrumpió en la iglesia y se llevó la imagen de yeso. El debate florecía en todas las mesas.

—Ha estado así toda la noche —dijo Fernanda Uzaga, al ver la cara compungida de Leonidas, que miraba sin entender la emoción que recorría el lugar.

—¿Toda la noche?

—Sí, toda.

Un segundo luego de su plática, Rodrigo Beltrán, uniformado y robusto, entraba por la puerta principal del bar, escudriñándolo todo con detenimiento. Fernanda se alejó de Leonidas y fue a despejar una mesa para el oficial, en la que puso varias sillas alrededor. Beltrán le agradeció con una sonrisa de padre frustrado y se sentó. En un minuto el jefe de policía estaba rodeado por los periodistas, pidió un vaso de agua con hielo y la recua de escribidores puso oído atento a sus palabras: comenzaron las preguntas.

27

DESPERTÁ, LEONIDAS. ¿QUÉ ACASO NO HAS VISTO CÓMO este pueblo se ha levantado llorando mi ausencia? Van clamando mi presencia por sus calles embaldosadas de lodo. El cielo gris y triste llora por mí. Aquí, solo, bañado por esta oscuridad, ¿no vas sintiendo? ¿No sentís acaso el olor de cómo mis alas se van marchitando? Tan poco tiempo aquí y ya quiero ver la luz. Leonidas, despertá.

Abrió los ojos. Sin levantar un centímetro la cabeza de la almohada fijó su vista sobre la escotilla del sótano. La voz, esa voz dulce y seductora, sofocada por el encierro había sonado. Su recuerdo reciente lo hizo erizarse. Se quedó varios minutos, sin parpadear, con los ojos fijos en la escotilla desnuda, sin la alfombra que yacía recogida y muerta.

Me buscan y no me encuentran, siento cómo andan tras de mí, queriendo saber dónde estoy, queriendo saber por qué he volado de mi pedestal y los he abandonado.

Se levantó de un impulso, se sentó sobre el borde de la cama mientras se sobaba levemente las sienes antes de incorporarse por completo y jalar con leve rechinido la compuerta del sótano. Bajó lentamente las escaleras, peldaño por peldaño, mientras la voz luminosa lo acompañaba. Una vez frente a él, viéndolo a los ojos lo retó con la mirada.

—¿Por qué no me dejás dormir? Tenés que entender que nadie te busca, o creélo si vos querés, pero se van a olvidar de vos, ya no sos un ángel perezoso salvaguardando esa iglesia polvosa. Designios más altos son los que te esperan. Vas a ser el ángel más bello de un paraíso de porcelana. Callá por favor.

Regresó tras sus pasos uno por uno, subió de espaldas las escaleras sin apartar la vista de la imagen de Miguel Arcángel y su espada refulgente. El ángel parecía callado, como muerto, como si en realidad fuera una simple imagen de yeso de alguna vieja iglesia y no esa maravilla de carne que ya le pertenecía a Elia López. Cerró la escotilla y se quedó de pie a su lado por un minuto, como si esperara los reclamos del ser alado, como esperando los golpes de un prisionero angustioso que pide su libertad. Nada.

Leonidas Parajón recordó entonces la noche anterior. Una conferencia de prensa improvisada se había dado en el Mirador Las Brumas, una informal rueda de prensa en la que Fernanda Uzaga no paraba de llevar cervezas a los periodistas que escuchaban y formulaban preguntas a caudales mientras oían a Rodrigo Beltrán decir que no, que el padre Salinas no es sospechoso, aún no hay sospechosos, que la Policía Nacional desconoce el motivo del robo de la imagen. No lo creo pero no se puede descartar nada hasta el momento, así que tal vez sí puede ser el acto de alguna secta, satanismo/satanismo/satanismo, Y dale con el satanismo, ¿es que no pueden pensar algo más original estos periodistas?

Sin embargo, ya los reporteros a esa hora habían enviado completa la información a sus medios, probablemente aún se quedarían dos días más en el pueblo para darle seguimiento a las investigaciones y volverían cuando el caso se resolviera –o no volverían nunca. Aquella mañana los diarios del país despertaron a la nación entera con la historia fresca. Noticia curiosa, no pasaba desapercibida entre tantas otras. Era curiosa dentro del mar de asesinatos que ocurrían en el país.

El asesinato y el robo profano han hecho sacudir los cimentos de la localidad de Los Almendros a las afueras de la capital. José Matías Vigil Hernández, de 62 años de edad, fue asesinado de una cuchillada en el abdomen durante la madrugada de ayer mientras ejercía sus labores como vigilante y conserje de la Parroquia de Nuestra Señora de la Asunción. Se desconoce aún la identidad de los asesinos que profanaron el suelo sagrado de la parroquia para hurtar la imagen pesada de yeso de San Miguel Arcángel.

El párroco de la Iglesia, Miguel Salinas Colindres, afirma no haber escuchado nada extraño la noche del funesto crimen ya que el torrencial aguacero que cayó esa madrugada impedía escuchar, "tapaba", según el sacerdote, cualquier grito. El cura dice haber estado durmiendo en su apartamento, que se ubica detrás de la parroquia.

Ya que la iglesia no fue vandalizada con mensajes escritos o de otra índole, el inspector en jefe de la policía de Los Almendros, Rodrigo Beltrán, descarta cualquier acto con fines de satanismo y dice desconocer aún los motivos del robo y pide no caer en especulaciones.

Mientras la conmoción sigue entre los habitantes del pueblo, Beltrán asegura que las investigaciones darán pronto con los culpables.

Leonidas Parajón salió de su cuarto con elegancia de felino recién levantado. Don Heliodoro lo esperaba despierto desde hacía algún rato.

—Aunque parezca raro, con esto de mi tiempo y todo el alboroto del muerto –le dijo clavándole una mirada de reproche–, vengo de la iglesia y el padre Miguel me atendió.

—¿Y qué tiene? –Leonidas preguntó, indiferente.

—Que al parecer –don Heliodoro hizo una pausa mientras sus ojos se llenaban de fuego–, tengo un hijo inepto que ni siquiera puede llevar un mensaje... el padre Miguel me dijo que nunca llegaste a avisarle que lo invitaba a almorzar a la casa.

Don Heliodoro empezó a vociferar en uno de sus arranques de lucidez, que le abrían los ojos ante la floja pereza de su hijo, comenzó una reprimenda imparable en contra de su descendiente y su vida de vago incurable. Leonidas asentía con la cabeza pero no escuchaba las palabras de su padre. Escuchaba algo más, trascendía esa sala, se iba desligando del ruido incómodo que proferían los labios de su padre. Escuchaba, allá en el sótano bajo su cuarto, el corazón asustado de un ángel inmóvil palpitando y palpitando.

28

VIENE A RESCATARME, ¿VERDAD, PADRE SALINAS? *Lo miro venir doblando las calles, recogiendo sus pantalones negros para no llenarlos de lodo, lo veo venir padre, ¿verdad que viene por mí? Lo miro envuelto en una maraña de cosas preocupantes, está harto, harto de ese entrar y salir de policías ensuciando el piso de la iglesia, esos hombres uniformados husmeando por todos los rincones, no dejan en paz mi pedestal vacío, no lo dejan en paz a usted, padre Salinas, mil preguntas maliciosas para que caiga en la trampa y confiese, pero usted no ha hecho nada malo, nada, nada... Fue este hombre oscuro y enlutado el que mató a don José, él y ese monstruo baboso y tartamudo con la mirada dislocada, ellos me encerraron aquí... Y ahora, ahora padre, lo veo venir para acá, cada vez más cerca, llegando a la puerta de esta casa, pero... pero... escuche mis gritos, padre, no quiero ser un ángel de colección para una mujer, escuche mis gritos, padre Salinas.*

Faltando media hora para la una de la tarde los golpes de la mano fuerte del padre Miguel Salinas en la puerta de casa de los Parajón sobresaltaron el polvo de los huesos de don Heliodoro. Éste se dirigió rápido a la puerta y la abrió de un solo tirón para encontrarse con la figura del párroco.

—Buenos días, don Heliodoro; gracias de nuevo por invitarme

—No, padre, ¿qué dice esas cosas? Pase adelante, pase.

—Tengo tanto en la cabeza —decía Salinas mientras caminaba hacia la mesa con un gesto de extenuación—, tantas cosas que la verdad esta invitación suya me sabe de lo mejor. Eugenia de Asís salió de la cocina con una bandeja llena de panecillos calientes y un delantal floreado que la hacía ver como la perfecta ama de casa.

—¿Leonidas no está?

Antes de que hubiera tiempo de contestar, la puerta de la casa se abrió lenta y pesarosa y aparecieron aquellas dos figuras como recortadas del sol de medio día: Leonidas y Martín en el umbral de la puerta, con sus dos pares de ojos juntos, escudriñando el interior de la casa, como un mismo cuerpo, reconociendo la extraña presencia del sacerdote. Tardaron sólo cinco segundos en mover sus pies al mismo tiempo dentro de la vivienda. Leonidas lo saludó con la mano extendida y un apretón del hombre fuerte que no era. El padre se acercó a Martín, lo saludó dándole la mano con la ternura asquerosa de estar con un niño que no entiende media palabra. Leonidas sintió una punzada de acidez. Entonces volvió a escuchar los gritos del ángel encadenado en el sótano, miró al padre y fingió que no oía los gritos, actuaba como si esos gritos de ayuda no estuvieran a punto de ensordecerlo. Tendría que bajar, callarlo, amordazarlo, impedir que los gritos traspasaran las paredes.

Leonidas se disculpó un momento para ir a su cuarto, El Bobo ya estaba sentado en la mesa con la boca entreabierta y la respiración dificultosa.

Se está abriendo la escotilla y te oigo bajar encolerizado. Con *los pasos presurosos te plantás frente a mí, con los ojos rojos de fuego y tus ropas negras de muerte, y me decís que me calle, que deje de gritar, que nadie me oye, que soy un ángel mudo, que no pida ayuda porque no la voy a tener, que ya no soy yo, que ya soy de alguien más y te oigo ese nombre, ese nombre de mujer que me has repetido tantas veces esta semana, el nombre de mi nueva dueña y yo te vuelvo a decir que no, que no quiero someterme a ser el esclavo de esta mujer y vos me intentás disuadir, me hablas de amor, me hablas de tu amor, de cómo yo soy un instrumento del amor y yo me callo entonces, me callo y pienso que tal vez no me vería tan mal en una vitrina en la casa de esta mujer bella que decís, y entonces te tranquilizás y te volvés a poner el sombrero y te vas tranquilo subiendo las escaleras y me dejás a mí de nuevo, mudo, mudo en la oscuridad.*

Ya todos estaban en la mesa con su plato lleno cuando regresó a la sala. Había un plato vacío esperando por él. Pudo sentir los ojos acusadores que lo miraban, como si supieran que venía de las profundidades de algún infierno, como si los gritos que escupió al oído del ángel hubieran sido escuchados por todos en esa mesa. Sentáte al lado de Martín, allí está tu silla, siempre se sientan juntos, porque es como si estos dos muchachos fueran hermanos, padre, viera qué bueno que ha sido Leonidas con este muchacho.

Y todos comían animados. El Bobo y Leonidas se lanzaban miradas cómplices durante el almuerzo. Salinas comía con parsimonia hablando hasta el cansancio de cómo vivían las niñas en el Brasil, de cómo eran los pasillos húmedos de aquel orfanato que le había tocado dirigir, de cómo su rigurosa vestimenta de sotana después de oficiar la misa iba alborotando los aires de otras brumas lejanas. Se relajaba en su silla, olvidando la jauría azul de policías husmeando en su iglesia, en su cabaña, dejando atrás a Matilda con su mano apretándole el sexo dentro del confesionario y él diciéndole que no, que había que posponer las noches en la cabaña, que todos andan pendientes de los movimientos de la iglesia.

El monólogo de las tierras lejanas del padre sólo era interrumpido por los ataques esporádicos de tos que se escapaban de los pulmones de El Bobo, todos callaban y miraban al enfermo con una lástima de padres preocupados.

—¿Por qué tosés tanto, Martín? —de nuevo Salinas queriendo imitar una voz de santo falso.

—El agua, me mojé, las madrugadas, con el agua —El Bobo hablaba como ido del mundo—. Los ángeles, las voces de los ángeles hicieron que me mojara.

Un escalofrío discreto recorrió la espina del padre Miguel Salinas, un escalofrío que nadie notó. Tal vez era que todos en la mesa habían tratado tanto con Martín que se habían acostumbrado con los años a sus palabras sin aparente coherencia. Al padre Salinas sin embargo le pareció notar unos ojos puros de verdad adormecida en la mirada de El Bobo.

Nadie más lo vio, nadie más lo notó. Salinas se preguntaba en su cabeza ¿Es qué nadie acaba de oír a ese hombre decir que se mojó bajo la lluvia en una madrugada por las voces de los ángeles? ¿Una madrugada lluviosa como la del día que mataron a don José? ¿Nadie lo oyó? Todos comen tranquilos… ¿Por qué se calla, padre? Decía que las niñas dormían en habitaciones compartidas de cinco camas… Ah, sí, eran cinco en cada habitación, con unos camisones rosas para la hora de dormir….

La comida había terminado. Cuando todos los hombres se habían retirado de la mesa y doña Eugenia también había abandonado la sala para recostarse un rato, Leonidas y Martín se fueron al cuarto. Leonidas le hablaba al enfermo, con lágrimas casi al brotar de los ojos le contaba cómo el ángel no se convence, cómo se resiste a entregarse a Elia y cómo entonces, por siempre ella viviría en las manos sucias de otro hombre, de otro hombre que no era él y sus noches se llenarían con otras estrellas. Lágrimas, temblor en el pecho. Miedo.

Heliodoro Parajón y el vigoroso padre Miguel Salinas platicaban en la sala, de pie. Luego de varias ideas intercambiadas el cura notó un improvisado altar enflorado: la foto vieja de un niño.

—¿Este es su hijo don Heliodoro? Por el que hice la misa...

—Es el mismo padre. Viera qué dolor es no ver ya a Bruno corriendo por aquí...

—Debe serlo, no imagino un dolor más grande.

El cura se acercó al marco de la fotografía, entrecerró los ojos y acercó aún más el rostro.

Sus palabras estuvieron cruzándose un rato más y se despidieron con efusividad, como si fueran dos viejos amigos. Don Heliodoro cerró la puerta con el padre afuera, una sonrisa le adornó su rostro anciano, se sobó la cara y empezó a subir las escaleras hacia su habitación. Se dijo a sí mismo que dejaría los platos sucios para después, tenía unas ganas inmensas de abrazar a su mujer, a la muchacha que solía besar en los alrededores de la laguna donde años después se les moriría un hijo.

Luego que el padre Salinas escuchó el golpe de la puerta tras de sí, levantó la vista a un cielo nublado y oscuro.

El pueblo parecía descansar con un rumor estático, pero él parecía escuchar los murmullos de las casas, le parecía oír confundido su nombre, lo oía sobre la imagen de Miguel Arcángel, hablaban de Rodrigo Beltrán... Caían unas suaves briznas de lluvia, se puso en marcha. Entonces apareció de nuevo el escalofrío:

El agua, me mojé, las madrugadas, con el agua, los ángeles, las voces de los ángeles hicieron que me mojara.

29

Y TE ESPERO, TE SIGO ESPERANDO EN ESTA SOLEDAD, en esta receta de mortajas, en estas brumas de este pueblo extraño. Ya no quiero seguir fingiendo que mis manos, pequeñas y suaves, son las tuyas, tus manos grandes que me han envuelto tantas veces. ¿Qué estarás haciendo? ¿Cuántas veces me habré hecho esta pregunta? Estás tan lejos, tan lejos de estos atardeceres en Los Almendros que te gustaron tanto. Me estoy marchitando en tu ausencia, en el sol de tu ausencia, muriéndome en el recuerdo de tu sombra, de tus ojos bajo la luna llena en la que hacías aquel jueguito del *Wolfman*. Me río sola, me río sola de recordar todos tus juegos, me marchito en la distancia de tus besos húmedos. Espero diciembre, el diciembre en el que tus pies vuelvan a estar por estas tierras y tus brazos vuelvan a estar en los míos, ya sólo queda medio año de espera, pero el tiempo se hace tan largo, como un inmenso reloj de arena que no deja de caer en cámara lenta, cámara de tortura. Vení, te espero, vení, se me van gastando los suspiros, mis pupilas están llenas de la tristeza de este desierto en llamas que no cesa de consumirse como en un infierno. Esta cama no deja de ser un enorme témpano de hielo.

Me vuelve loco este papeleo, me vuelve loco, tanto forma-
lismo, si ya se sabe que los asesinos (porque sostengo la teo-
ría de que era más de uno) no pueden haber sido de este
pueblo, aquí nadie mata ni una mosca, esos hombres que se
robaron la imagen de mierda eran viajantes de paso. Quiero
dormir. Estoy cansado. Ahora como se les acabaron los ar-
gumentos de que la supuesta profanación es cosa del diablo
quieren culpar a los extranjeros, a los invasores, a los ricos
que se han comprado casas aquí en el pueblo, que cada día
son más, vienen en bandada como escupidos y rechazados
por esa negra ciudad que va creciendo allí abajo, a los pies
de Los Almendros, Pero no, esa gente tampoco mata. Son
gente de bien. Esa gente no mata. Eran gente de paso. Eso
no ocurre aquí. Diez años según los archivos que estoy revi-
sando, hace diez años ocurrió el único asesinato que se ha
dado aquí: una anciana, vivía sola, dos hombres entraron a
su casa y le robaron todo, la mataron para callar los gritos
y tiraron el cuerpo al excusado. Los encontraron a la sema-
na, iban de paso por Los Almendros, de paso. Esas cosas no
ocurren aquí.

¿Y será? ¿Será ese hombre un demonio? Es el único en todas estas casas estancadas en el moho que no tiene plena conciencia de lo que hace y me lo ha dicho. Me lo ha dicho de frente con sus labios llenos y rebalsados de saliva, me ha dicho que se mojó por los ángeles en la madrugada. Tiene que haber sido él. Con esos ojos de toro perdido descansando antes del ataque, listo para embestir a cualquiera en su camino de pasos tambaleantes, de mirada extraviada, de hilo de baba... ¿Dónde estará la imagen de San Miguel Arcángel? ¿En qué arrabal lo habrá tirado ese loco, si es que acaso fue ese loco el culpable...? ¡Cuánta falta me hace don José! Tantos días ya, falta, gran ausencia, la nostalgia de verlo sentado allí en el umbral de la iglesia, en su silla plástica, con la mirada fija en mil fantasías en el horizonte. Se iba a morir cualquier día, pero no así, no que me tocara a mí irlo a recoger una mañana, empapado en un charco de agua con una puñalada certera sobre su ombligo. Quiero que se vayan, que se vayan los policías de la iglesia, que Beltrán deje esto ya, cada día lo veo más cansado y ojeroso... pero ¿será ese hombre loco el demonio insano que hizo todo esto?

Me tritura saber lo que estás pensando. ¿Estás pensando en él, verdad...? De seguro estás pensando en él, me deja lleno de agujas dolientes imaginar tu boca en la suya, imaginar todo eso, que mi cabeza se llene con las imágenes de las risas que ríen juntos, de sus manos enjauladas la una en la otra, y no sé, no sé si quiero ser él, me gustaría vivir debajo de su piel para acercarme todos los días a rozar la tuya, para que me digás cosas de otro mundo, para que tus ojos brillen lustrosos al ver los míos... pero no, no es mi realidad, yo tengo que andar por los rincones de tu mente puerta por puerta, descubriendo los rostros que te han hecho sonreír y no ver el mío entre ellos, no verlo por ningún lado. Me siento enano, minúsculo, nimio, imperceptible para vos, el espectro que te atiende en la farmacia y no el sol que resplandece tus días. Y este ángel no me hace caso, no se doblega a mis designios, no me dice que sí, que te lleve con vos, que quiere ser la celestial celestina de este volcán dormido que debo sacudir... Pero... pero ¿qué nuevo laberinto serán mis días? ¿A qué hondonada se irán mis lamentos mudos? No veo, mis ojos se quedaron ciegos antes de nacer, un cuervo graznó en vuelo en la cesárea y después yo llorándole al mundo con lágrimas secas por vez primera, pupilas que eran dos desiertos. Elia. Elia. Elia. Mis manos buscan apretar tus piernas.

30

—No avanzan las investigaciones –Rodrigo Beltrán clavó la mirada en los ojos del padre Salinas–. Es como si esos hombres hubieran sido unas sombras.

El padre Salinas se revolvió inquieto. El asiento se volvió diminuto, incómodo, el pequeño cubículo que Beltrán usaba de oficina pareció reducirse aún más.

Hacía dos semanas que José Vigil se descomponía en su sueño tranquilo dentro de una tumba. El silencio de Miguel Salinas inquietó al oficial vestido con un desteñido uniforme azul.

—Ni para qué decir que podemos sacar algo de las huellas, en la iglesia se encuentran las huellas de todo el pueblo: huellas digitales y huellas de pisadas. Lo mejor es que nos vayamos olvidando del caso, que dejemos descansar al muerto en paz; a la prensa ya se le olvidó.

El bochorno del día aumentaba y el abanico desvencijado de la habitación zumbaba con debilidad. El padre Salinas dudó en contarle a Beltrán sus sospechas. Un silencio incómodo volvió a reinar.

Se había levantado tarde, mientras se vestía frente al espejo le pareció que se veía más viejo, que su cuerpo se iba desfigurando con una barriga mal disimulada que sentía crecer mes a mes. Cuando entró a la nave principal de la iglesia la visión del pedestal vacío de Miguel Arcángel lo invadió con una honda tristeza.

Decidió que esa tarde iría a la comisaría, quería saber de los avances, deseaba entrar por la puerta de la jefatura envuelto en luz y ver allí, en la diminuta sala de espera, al arcángel perdido. Lo encontramos, le dirían, la Policía Nacional en sus funciones le hace entrega, cumpliendo con su deber, de la imagen del ángel. Pero no, no fue así, la sala de espera estaba vacía cuando el padre Salinas puso sus pies en ella. Un oficial gris le hizo esperar porque El jefe está almorzando y no le gusta que le molesten. Ahora que estaba frente a él no encontraba consuelo para su soledad de iglesia vacía en las palabras del inspector incompetente que sólo se había encargado de descartar, de decir con palabras despreocupadas que era mejor olvidarse del tema, que era un caso difícil; Para ser sincero, padre, el hombre ni siquiera tenía familia que nos presione, y su ángel, pues, no es una pérdida millonaria.

Un viejo sin familia y un pedazo de yeso habían dejado de existir en la cabeza de Rodrigo Beltrán, pero el pueblo bullía en intrigas, los pestillos de las casas se cerraban temerosos a todas horas, las corrientes de aire frío se metían en el alma de las personas, que ya ni siquiera pretendían salir solas a las calles, las madrugadas se volvieron solitarias y silenciosas, como en los antiguos toques de queda durante la dictadura. En Los Almendros cada sombra es un cuchillo asesino que se clava sobre el ombligo. Pero Beltrán, allí tranquilo con su denso bigote de sudor, sugería que no había pasado nada, que había que olvidar, tal vez era fácil olvidar para ese pueblo, allí ya nadie recordaba, los únicos que tenían memoria eran los ancianos que viven sobre la colina, en el asilo de doña Eugenia de Asís. Todos iban borrando su memoria, ocupándola en saber quiénes eran los nuevos vecinos, en imaginar quiénes ocuparían las casas una vez que los obreros se marcharan después de terminar las construcciones. Allí ya nadie recordaría, los fantasmas se ahogarían solitarios en la laguna, sin nadie que les llevara una limosna, rondarían de casa en casa por las noches pero todos estarían viendo televisión, absortos y consumidos por alguna telenovela brasileña. Y entonces el Jefe de la Policía de Los Almendros habría tenido razón, se recostaría tranquilo en su cama todas las noches bufando sus ronquidos poderosos sin recordar el caso, porque en ese pueblo nunca había pasado nada.

—¿Y si lo hizo un demente? —el sacerdote se atrevió a decir.

—¿Un demente? —preguntó desconcertado Beltrán.

—Sí, un loco, una persona que no tiene ordenadas sus facultades mentales.

Rodrigo Beltrán rio con disimulo, Las cosas que se le ocurren, padre, la única persona en todo Los Almendros con esa descripción sería el hijo de doña Amanda Sánchez y ese muchacho es más manso que usted.

Se hizo otro silencio incómodo que Miguel Salinas no se dispuso a tolerar, se levantó de la silla fatigosa y agradeció por su tiempo al jefe Beltrán. Salió con una indignación rezagada de la Jefatura. El calor había bajado gracias a unas densas nubes oscuras que se habían tomado por asalto el firmamento. Pronto llovería. ¡Cuánta pereza policial! Tal vez hubiera sido mejor no haber dicho nada, no haber pensado en aquellos ojos de fuego de Martín Ruiz, en aquel comentario de *agua, madrugada, ángeles.* Era mejor cerciorarse. Había aprendido con dificultad a ser un hombre precavido, a aplacar aquel afán intempestivo de hacer las cosas al primer momento. Recordó los consejos de paciencia que le daba una novia que había tenido alguna vez antes del seminario. Se preguntó qué sería de ella y dónde estaría ahora. Sintió ganas de ver a Matilda viuda de Serrano.

Avanzó a pie, rechazando los pocos taxis que bajaron la velocidad al pasar a su lado, inquiriendo por su destino. Sería mejor, pensó, ir él mismo a la casa de Martín Ruiz e intentar hablar con él, tratar de sacarle alguna información. Tal vez iría esa noche. ¿Qué le diría a doña Amanda? Jamás había pisado esa casa.

El padre Miguel Salinas fue tranquilizándose a medida que llegaba a la Iglesia de Nuestra Señora de la Asunción. Volvió a pensar en su antigua novia, recordó la humedad de sus besos y un hermoso lunar que tenía en medio de los pechos: *¿Será mío para siempre, verdad? Siempre llevarás en él las letras de mi nombre.*

La sorpresa que se llevó el cura cuando puso un pie en el atrio de la iglesia fue tan intensa que creyó quedarse sin aire por un momento. Las puertas del templo estaban cerradas, como él las había dejado antes de salir, pero había una niña golpeándolas en medio de un arrebato histérico, gritando desgarrada el nombre del padre.

Salinas llegó hasta ella por detrás y la tomó por los hombros. Mientras la sacudía le dio la vuelta y la reconoció. Era una de las hermanitas de El Bobo. Del cielo comenzaron a caer gruesas gotas que se mezclaban con las lágrimas de la pequeña.

31

L A NIÑA LO HABÍA LLEGADO A BUSCAR PARA LA extremaunción. Tenía unos minutos de golpear frenética la puerta antes de que el padre Salinas la tranquilizara entre sus brazos. Fue demasiado tarde. Cuando llegaron estaba muerto. Amanda Sánchez lloraba resignada ante el cadáver sin cubrir de su hijo. Era un llanto mudo, un llanto de gemidos cortos y lágrimas abundantes. El padre puso su mano sobre el hombro liviano de Amanda Sánchez, ¿qué decirle? ¿Qué contarle? Había llegado tarde, ya las lágrimas de madre deudora habían comenzado a chorrear de sus ojos y el muchacho en quien días atrás había visto un fuego dantesco en la mirada era ahora un cadáver absorto, de ojos de vidrio, con la vista clavada en un punto en el aire que ya no podía alcanzar.

Salinas no dijo ni una palabra, se acercó hasta la orilla del cadáver tirado en el piso sucio. Cadáver tieso y seco que observó con la misma lástima que lo había observado mientras vivía. Le pareció ver una leve chispa de descanso en su rostro de piedra, en la mueca grotesca de su último dolor. Levantó su brazo derecho y dibujó en el aire una lenta y parsimoniosa cruz invisible sobre el cadáver.

Había comenzado todo por la mañana, con la tos descomunal de Martín Ruiz. Gradual y estruendosa, la tos se venía adueñando de los pulmones del enfermo, llenando la casa de las sonoras astillas de su garganta al desgarrarse. La tristeza de Amanda Sánchez cayó sobre su pecho con el inminente presagio que venía sintiendo desde hacía unos meses, de que cualquier día de aquellos su hijo iba a morir. Se debatía entre la dualidad del alivio y el dolor. Acostó a su hijo sobre el roído petate de su catre desvencijado por el tiempo y su peso. Sus hermanitas empezaban a asustarse por la tos continua. Martín se revolvía incómodo en su camastro, sentía que se ahogaba, que la saliva se estancaba en su garganta atorada. Se puso de pie. Sus ojos llorosos, sus pulmones secos de aire, la baba eterna disparándose violenta a borbollones de su boca. Amanda Sánchez puso su brazo sobre la espalda alta de su hijo como un ala protectora y fue ése el momento en que Martín Ruiz cayó al piso, presa de una violenta convulsión que convertía en espuma su baba abundante. Su cerebro cansado de tanto esfuerzo de años extra sucumbió a un colapso eléctrico.

Mientras el muchacho se sacudía violento, su madre arrodillada sobre el piso lo sujetaba fuerte con sus dos brazos entre gritos potentes de mujer herida. En medio de esos alaridos le dijo a una de las niñas que corriera a llamar al padre Salinas. Los médicos se habían extinguido para ella con la muerte de Abelardo Serrano, años atrás. La niña salió a la carrera, soltando un llanto caliente y abundante.

Pero llegaron tarde. Martín había dejado de sacudirse. Se había ido quedando tranquilo, presa de unos continuos gemidos medianos que salían de su boca como resignadas advertencias de muerte, las manos de su madre sobre el rostro.

Sus pupilas se dilataron y con el último segundo de la vida le pareció ver un cielo abriéndose para él y el ángel de Elia López con su espada brillante tendiéndole una mano. Pero sobre El Bobo no había nada, sólo el techo agujereado de su triste vivienda, sólo las lágrimas de su madre cayendo sobre sus ojos muertos.

Ésa era la escena que había encontrado el padre Salinas al llegar. Había espumarajos de saliva por todas partes. El párroco abrazaba a la madre, cuya espalda parecía liviana al haber botado el yugo de cargar con aquel hijo difícil por tantos años. Ya caía una lluvia pesada que camuflaba los llantos de las hermanas.

El olor a una muerte estrenada inundó la casa y se confundía con las oraciones entre dientes del padre Salinas. Otra vez una de las niñas fue enviada bajo la lluvia por su madre, tenía que darle la noticia a un diminuto personaje de luto perpetuo que había poblado de sonrisas innumerables los últimos años de la vida de Martín Ruiz.

Se quedaron en medio de los rumores de llanto, los rumores de rezos y la lluvia castigando el tejado enclenque de la casa. El padre Miguel Salinas tomó la sábana del camastro viejo de Martín y cubrió lentamente el cadáver hasta tapar su rostro y esconder aquellos ojos, antes de fuego, pero ahora tan faltos de la chispa vital que le había hecho sobresaltar el corazón días atrás. ¿Cómo saber ahora si El Bobo había sido el asesino de José Vigil? Aun sabiendo que no encontraría lo que buscaba, dio un vistazo disimulado a su alrededor con la esperanza ridícula de encontrar la estatua de su ángel. No había nada, sólo Amanda Sánchez con la mirada perdida en el aire, unas lágrimas mudas en sus ojos y las niñas que seguían chillando incontenibles.

El aire se llenó, pareció intensificarse de olor a muerte. En ese momento la puerta fue azotada por un violento manotazo. En el umbral, Leonidas Parajón apareció empapado y exhausto de la carrera hasta allí. Echó un desesperado vistazo; empezaron sus gritos. Sacudió el cadáver de Martín hasta aburrirse y resignarse a que ya no iba a despertar. Poco a poco la casa se fue llenando de gente conforme la lluvia cesaba.

32

Qué horror, cómo se murió el muchacho. Sí que es una tragedia. La pobre Amandita tanto que lo cuidaba. El pueblo se está tiñendo de negro. Siempre se le va a recordar caminando por las calles, metido en Las Brumas. El pobre Leonidas debe estar destruido por dentro con esto. Es que siempre andaban juntos. Es que era su único amigo. Es que nadie más se les acercaba a ellos dos, sólo a veces la nieta de Florencia Miranda.

La muerte redentora había transformado a El Bobo en un ser inocente y desdichado, ya no era el monstruo repulsivo a los ojos de Los Almendros. Desde el segundo en que se lanzó la última palada de tierra sobre el ataúd de pino deficiente, el recuerdo del enfermo estaba destinado a transformarse en algo puro para el pueblo, como si el hecho de morir lo volviera magnífico.

Fernanda Uzaga se concentraba en la tarea de intentar curar las constantes heridas de Leonidas Parajón. Éste se había quedado atrapado en un llanto silencioso, con los sentidos destrozados. La muchacha pasaba los días en la casa de los Parajón, contemplando cualquier necesidad que Leonidas tuviera. Dejaba a su abuela sola en su casa y se concentraba en Leonidas. Lo dormía en cama como a un niño pequeño, oscuro, destrozado. Se iba por las noches a su trabajo en el Mirador Las Brumas, luego de que don Heliodoro y doña Eugenia le agradecieran su cariño incondicional por el luto del hijo.

Fernanda salía gris y triste de la casa de los Parajón rumbo a su trabajo, con la dicha hormigueado en sus manos de haber sobado hasta el sueño los cabellos de aquel hombre, de sentir cómo sus dedos curativos iban sanando las heridas de sus lágrimas, deseando que pronto, cualquiera de esos días, entrara de nuevo con sus ropas negras y elegantes por la puerta principal del Mirador, a fin de que ella pudiera servir su mesa como lo había hecho siempre, y mientras tanto Lalo Elizondo los miraría con recelo.

Leonidas pasaba los días en cama. Tenía una semana de no bajar al sótano, de no intentar convencer al ángel para que se sometiera ante su voluntad, las energías no le daban. Las imágenes viejas de su hermano, como sacadas de antiguas historias, se venían confundiendo con la fresca muerte de Martín. Los recordaba a ambos dentro de los momentos más luminosos que habían compartido. Dos niños encaramados juntos en los almendros fuera de su casa, saliendo de la escuela en bandada, usando el uniforme con los colores de la patria perdiéndose entre las risas de todos los otros niños. ¿En qué se habría convertido Bruno? ¿Sería sólo una pila de huesos mudos? ¿Sería él también un ángel de voz luminosa? Las noches inmensas en las mesas del bar, las madrugadas envolviendo sus palabras y las notas de la vieja rocola animándolos a cantar sus penas de amor; las caminatas por las calles del pueblo, las comidas en las mesas compartidas y las maratónicas pláticas en el monumento a los mártires, frente a la casa de Martín, todos los secretos, el secreto del ángel, el secreto del único hombre que Leonidas había matado en su vida sin remordimientos ni asco por conseguir esa estatua inmóvil y terca que recogía polvo en su sótano.

Ángel, ángel inservible, inútil, improductivo, infructuoso, infecundo, estéril que con todo ese poder divino no había podido evitarle la muerte a Martín, que no se rendía ante su locura de amor, que tenía a la policía buscándolo. ¿Para qué le servía? Sintió el impulso de bajar al sótano en ese instante. Una ira ciega se iba apoderando de él en cada peldaño y en la oscuridad pudo adivinar la presencia de aquel ser, palpitando y respirando cansado, las alas marchitas.

Lo veo allí como respirando con dificultad en medio de la penumbra, como temblando de miedo porque ha adivinado que me ha atrapado la ira, porque sabe que he descubierto su incompetencia y su inutilidad, sabe que vengo por él y esta vez mis ojos sí son de fuego, esta vez mis manos sí son inmensos puños de furia.

Yo tiemblo. Esa voz me reprende en medio de esta noche oscura. ¿Por qué me has bajado de los cielos? ¿Por qué me has apartado del pedestal en el que pasaba las horas resguardando los minutos de aquella iglesia, de aquel reino de polvo? Todo era paz allá, todos me miraban con asombro y los niños se espantaban de ver esta repulsiva bestia que se retuerce dolorosa a mis pies.

No te rendís, no querés ayudarme, no querés apartar con tu espada al hombre que posee lo que yo anhelo. Pasás las horas desocupado en este sótano, escudriñando con tus ojos los cientos de cachivaches que han recogido el polvo de años que ahora te cubre, intentas adivinar los secretos que guardan estas cosas encerradas con vos. ¿Y tus poderes de ángel bendito dónde están? No hiciste nada por Martín, por el hombre que te cargó conmigo hasta aquí y te contempló absorto por horas. Ahora se pudre en el cementerio como todo el mundo, y vos sonriendo con esa mueca de falsa divinidad.

Y lo siento correr y abalanzarse sobre mí, caemos al piso y rodamos juntos, mi brazo derecho se destroza al caer, se hace polvillo blanco y la espada de mi puño queda libre. Siento sus puñetazos, siento cómo sus nudillos se desgarran en mi cuerpo de piedra y se hacen sangre, sus gritos coléricos que reclaman por una mujer que jamás será suya, por los muertos que jamás resucitarán. El hombre está loco. Fuera de sí.

Leonidas, con los ojos cerrados y sus puños palpitando en dolor, yacía tristemente postrado sobre la imagen del ángel. Se llevó los nudillos sangrantes a la boca y su lengua húmeda comenzó a lamerlos. La espada de metal, que segundos antes sostenía el arcángel, estaba tirada en el piso a unos metros de Leonidas y junto a los trozos de yeso de uno de los brazos de la estatua.

Leonidas lloró con tristeza e impotencia. Poco a poco volvió a abrir los ojos con lentitud. Una luz nueva parecía manar de aquel cuerpo angelical. ¿Por qué? ¿Qué era esa luz? Se levantó de un tirón, y nervioso, mientras se limpiaba el revoltijo de lágrimas y mocos que le había dejado la pelea con el ángel, caminó hasta el interruptor y encendió la luz.

Cuando vio aquel cuerpo tendido con el brazo destrozado, lo agitó un temblor sin control: el ángel le recordó a su hermano. Una carcajada inmensa salió de su boca.

¿Por qué no había adivinado esto antes? Ahora lo entiendo, el ángel sos vos, como siempre imaginé que serías, como en aquel primer sueño donde miles de alas se agitaban a mi alrededor y vos eras el más bello ángel de todos, sin importar que te faltaba un brazo. He pasado siglos guardándote luto desde la última vez que te vi. Te perdiste de pronto en las profundidades de la laguna, en medio de aquella lluvia portentosa que cayó de la nada y que he recordado todos estos años... Y ahora te veo, convertido en un ángel completo. Sos el mismo, fuerte y luminoso, aun con tu brazo partido. Y sos mi hermano. Se cayó la venda de mis ojos. Ahora sí estoy seguro que vamos a lograr el amor de la mujer que viene palpitando en mis poros desde hace tanto.

Leonidas Parajón volvió a recostarse sobre la imagen de yeso, la abrazaba con el amor reprimido de años por su hermano muerto, cerraba los ojos, acariciaba la helada superficie inerte del ángel inmóvil. Su sonrisa sólo era interrumpida cuando sus labios se transformaban en cortos besos en la cara de la imagen. Reía y temblaba.

Cuando salió del sótano sentía que flotaba entre las nubes del placer. Quería ver a Elia López, decirle que al fin, después de toda la inmensa turbulencia tenía su ángel, listo para sus vitrinas. El más bello para su colección, el más bello para cualquier colección. Su propio hermano. A unos kilómetros de allí, los pequeños huesos de Bruno Parajón se revolvían inquietos en su tumba.

33

L A PALLINA PÉREZ CANTURREABA EL TEMA PRINCIPAL de una radionovela a la que venía siguiéndole la trama desde hacía meses. Se movía meciendo su cuerpo robusto y rechoncho de un lado a otro mientras planchaba ropa de Elia que tal vez, a esas horas, ya había alcanzado el sueño en su habitación. La noche se había impuesto callada y oscura desde hacía varias horas. Había sido uno de esos días medianamente agitados en los que podía dejar para después algunos de los quehaceres de la casa. Había visto a Elia toda la tarde con unos ojos marchitos de tristeza, había intentado animarla con charlas que le terminaron pareciendo estériles para la herida provocada por la ausencia de Eric Jacobson en el pecho de la mujer. Hacía media hora que había subido a su habitación llevada por unos pasos lánguidos, perezosos. Ya debía dormir, pensaba la Pallina Pérez.

En un momento intenso de silencio escuchó el sonido de algo moviéndose entre los arbustos floridos fuera de la casa. Dejó de planchar y puso oído más atento. Alguien estaba afuera.

Leonidas Parajón se había venido acercando con pasos de minino sigiloso a la casa de Elia López en medio de la oscuridad, hasta vislumbrar las luces pálidas de las ventanas que parecían acercarse a él. La ventana del cuarto de arriba estaba a oscuras. Llevaba una sonrisa enferma en el rostro bajo unos ojos inyectados por la demencia. En su mano derecha empuñaba feroz un trozo de metal puntiagudo y afilado, la espada del Arcángel, que en la mano de Leonidas, sin embargo, asemejaba un trunco machete mediano. No se borraba su risa. El ángel había dado un *sí* rotundo y aceptó entregarse. El ángel, su hermano. Bruno Parajón sacrificaría sus días de ángel contento por la felicidad fraterna de Leonidas, que le había guardado un luto doloroso y de rigor durante un cuarto de siglo. Leonidas, feliz y agradecido con él, tenía la necesidad incontenible de ir a dar a conocer la noticia a Elia López, tenía que verla saltar feliz a sus brazos y sentir el ardor de la trémula carne de sus labios en los suyos.

Sabía que no era bienvenido a esa casa, la criada no lo dejaría pasar, pero él iba ciego en su decisión de entrar, aun si era necesario clavar aquella espada a la gorda nefasta que había repartido los fajazos la última vez que él puso un pie en ese patio. Con esa determinación había empuñado aquel trozo de metal que ahora sostenía más fuerte a medida que se acercaba a la casa, se adentraba en el patio y escondido tras unos arbustos floridos de invierno miraba por la ventana a la Pallina Pérez planchar unos pantalones cortos y húmedos de la mujer, próxima a sucumbir ante su regalo.

¿Entrar a la casa intempestivamente y matarla rápido? La muerte sería veloz, una estocada en el estómago como lo había hecho con José Vigil. Leonidas se cruzó de un arbusto a otro para tener una mejor visión del pálido interior de la vivienda, fue en ese momento que la Pallina Pérez dejó de planchar y puso oído atento al patio.

Estaba segura de haber escuchado algo, dejó la plancha parada como una pirámide extraterrestre sobre el planchador y con sigilo comenzó a acercarse hacia la puerta. Afuera, Leonidas camuflado en las sombras, la esperaba.

Abrió de un tirón valiente la puerta y sus ojos se tragaron la noche, el patio era una tumba de quietud en la que parecía no haber nadie. Una débil niebla se adivinaba a lo lejos bajo el halo del alumbrado público de la carretera. La Pallina Pérez siguió avanzando dentro del patio.

La mujer había pasado a su lado, casi rozándolo con sus pasos cautelosos, pero Leonidas reprimió el impulso de asestarle una estocada certera. La puerta principal, por la que había salido la mujer, estaba abierta y ella se alejaba lentamente en medio de la negrura de la noche. Leonidas sintió repulsión de ver esas espaldas anchas y recordar la imagen grotesca de ella corriendo tras los mariachis. Salió de su escondrijo, callado y cauteloso, y entró a la casa sin ser visto. Con suavidad, cerró la puerta tras de sí.

Cuando la Pallina Pérez escuchó el sonido de la puerta cerrándose se volvió hacia la casa y maldijo el viento de este pueblo. No tenía la llave consigo, tendría que bordear la morada y entrar por el acceso trasero que no se cerraba con llave hasta que ella se iba a dormir.

La lógica de las casas del pueblo, como la suya, le indicó a Leonidas que el cuarto principal era arriba. Echó un rápido vistazo de observador furtivo al interior. Era muy parecido a su casa, pero había algo diferente, abundaba un olor fresco y no tenía el color de un velorio constante.

Se dirigió a las escaleras. Cuando estaba en el tercer peldaño, escuchó abrirse la puerta del cuarto principal y unos pasos que se acercaban; retrocedió de prisa y se escondió bajo las escalinatas. Era Elia. La vio atravesar la sala envuelta en su luz y enfundada en unos leves pantaloncillos que dejaban descubiertas aquellas gruesas piernas celestiales moviéndose decididas hacia la cocina. Leonidas Parajón sintió un placentero hormigueo subiendo por sus muslos. Elia carcomida por la melancolía del día, y previendo el insomnio, había apurado dos somníferos una hora antes; aunque poco a poco la iban conduciendo a imágenes placenteras no habían logrado llevarla al sueño. Ahora en la cocina tomaba una tercera dosis.

Cuando la estancia estuvo de nuevo a solas salió de su escondite, rápido subió cada uno de los peldaños de la escalera y allí se topó con La Puerta. La Puerta de sus sueños. Antes de poner su mano en la cerradura y cruzar el umbral su corazón parecía ser una feliz tambora que resonaba festiva.

La luz de la habitación estaba prendida. Era el santuario prohibido de su imaginación, en sus sueños ya había pisado ese suelo demasiadas veces, sus huellas estaban impregnadas por las paredes, y esa cama blanda, con las sábanas revueltas del calor de Elia recién levantada, ya había sido receptora del sudor de su cuerpo. Era diferente que en sus sueños de minutos muertos. Pasó la vista lentamente por cada uno de los rincones. Se acercó a la vitrina desde donde lo observaban decenas de ojos sin vida de ángeles de porcelana. Los había de todos los colores y tamaños. Leonidas Parajón inclinó su cuerpo y acercó su rostro al ras de la colección de pequeñas figuras y las observó una por una, escudriñando sus falsos cabellos, absorbiendo aquellas sonrisas de mentira y la mueca fría e inerte de todos sus rostros. Le parecieron unos seres tan simples, lacónicos, insignificantes en comparación al cuerpo luminoso de su hermano, convertido en ángel que palpitaba vivo en el sótano de su casa. Sintió una enorme felicidad invadiéndole.

Con pasos silenciosos se acercó a la cama. Caminó por el borde rozando con sus dedos la superficie blanda de las sábanas aún tibias del cuerpo de Elia López. Se imaginó bajo las sábanas, abrazado por ese calor de mujer indomable. Sintió unos deseos inmensos de verla dormir, de sentirla respirar en medio de sus sueños, de verla en su cama, solitaria y pálida, como se la había imaginado durante las madrugadas en vela en su habitación. ¿Debía sorprenderla allí cuando regresara del baño? Permanecer sentado sobre la cama y decirle: Elia, le tengo un regalo que tiene que verlo porque no va a poder creérselo; puede olvidarse de esos pedazos de alas de mentira que tiene allí, yo le tengo un ángel de verdad, de carne y hueso.

Se le vino de nuevo el deseo de verla en su cama, dormida, como la imaginaba en sus madrugadas solitarias. Caminó hacia el largo cortinaje que iba del techo hasta el suelo y se escondió detrás de la gruesa tela. Su corazón se aceleró.

Elia López regresaba subiendo las escaleras hacia su habitación, se había topado con la Pallina Pérez ya dentro de la casa y de vuelta al planchador, le dijo que había tenido que entrar por la parte de atrás porque había salido al patio y el viento había cerrado la puerta, Elia se rio adormilada de la leve desgracia de su compañera y siguió su camino, aún conservaba la cara triste y apagada de todo el día.

Cuando llegó a su cuarto, casi dando tumbos de sonámbula, notó la puerta desplegada, tuvo la leve sensación de haberla dejado cerrada, pero no importó. Su cabeza viajaba desde hacía algunos días en otros mundos, presa de un limbo de soledad que la estaba consumiendo y la hacía necesitar aquellas manos fuertes de Eric para que escudriñara los más alejados y oscuros rincones de su rica anatomía, sentir la humedad de sus labios robustos rodando por su piel, tropezándose con cada lunar del ancho pergamino de su cuerpo.

Apagó la luz y se acostó en la cama. Reinaba un silencio de sepulcro solitario; en medio de él, le pareció escuchar los latidos acelerados de un corazón cercano, debía ser el suyo pensó, pues corría estrepitoso. Se había sorprendido a sí misma, otra vez, como casi cada noche pensando en el cuerpo de Eric Jacobson y automáticamente su mano fue acariciando las laderas de su sexo debajo de sus pantaloncillos. Con sus ojos cerrados se veía desnuda bajo el peso extrañado de él. Se revolvió inquieta en la cama y una aglomeración de aire caliente se escapó por su boca en forma de un leve gemido de placer. Aturdida por la somnolencia no sabía si soñaba o Eric estaba con ella.

La luz de la luna, plateada y potente, venciendo la ligera niebla, entraba directa por el ventanal. Leonidas Parajón salió silenciosamente de entre las cortinas y permaneció inmóvil, camuflado por sus ropas oscuras como una sombra más de la habitación. Bajo la luz espectral de aquella luna sus ojos, llenos del calor de Elia, la observaban revolverse gustosa mientras sus propias manos iban desgarrando con afán los escondrijos de su cuerpo. Contemplaba la boca de la mujer, abierta en éxtasis. Volvió el hormigueo de placer subiendo por sus piernas y esta vez se extendió por todo su organismo.

Sus uñas, leves guillotinas, eran las uñas de él, que la desgarraban, sus dientes, mordiendo sus labios, eran los dientes de él. Elia mantenía cerrados sus ojos con violencia mientras su espectador, más sombra que nunca, se acercaba a la cama sin hacer ruido, con su masa de carne endurecida entre su diestra inquieta; apenas podía sostener la espada del ángel con la izquierda. Su boca muda reprimía un vendaval de gemidos potentes mientras miraba en aquel esplendor impensable a la mujer ansiada, anhelada y construida con perfección por su imaginación todos los días, revolcándose en un placer sin horizontes. Pensaba en él, en él, esos gemidos medianos que escapaban de entre sus labios, rojos por la presión de sus dientes, eran suyos. Leonidas no podía contener la velocidad de su mano derecha, con la que se daba placer. También cerró los ojos y se acercaba a la cama movido cada vez más por los ruidos de Elia, ruidos que le pertenecían. Esos dedos con que ella exploraba sus profundidades olorosas de humedad serían pronto sus dedos. Quería explotar. Se acercaba más y sus pensamientos eran veloces imágenes que pasaban por su mente, animadas por la visión de Elia desnuda, gimoteando en medio del revoltijo de sábanas. Sus rodillas chocaron contra el borde de la cama y cayó ligero sobre el colchón. Elia, al sentir ese peso desplomarse a su lado, perdida en su trance somnoliento y de éxtasis, dejó de explorarse para toparse con el cuerpo del hombre. Leonidas sintió entonces aferrarse a su carne aquel tacto construido cientos de veces en su imaginación. Pronto, dos pares de manos torpes construían gemidos en la oscuridad. Elia soñando medio despierta al hombre que extrañaba, presa de un limbo químico, se movía pausada bajo el peso de Leonidas Parajón, que como un vampiro, poseía en un seductor trance a su presa, recorriendo toda la robustez de su cuerpo. Besó sus labios como en sus fantasías. Sin poder contener más el aire, lanzó un gemido colosal en medio de un húmedo estallido de goce que salió expulsado de su organismo. El fuerte gemido de esa voz extraña sacudió a Elia de su ensoñación. Al sentir aquella tibia humedad líquida caer sobre su cuerpo, arrojó a la noche un estridente grito de terror, sus ojos abiertos de sobremanera capturaron la imagen de una sombra inmensa, observándola con ojos de éxtasis desde el borde de su cama y un enorme cuchillo resplandeciendo a la luz de la luna. En un segundo la sombra se deshizo en las tinieblas dejando la puerta abierta tras de sí. Cuando bajaba las escaleras, en una carrera presurosa de nervios, se topó frente a frente con la inmensidad de la Pallina Pérez que subía espantada por los gritos de Elia. Leonidas en medio de los nervios crepitando a toda marcha le asestó un golpe certero con el dorso de la espada mediana, la mujer pareció desequilibrarse pero se mantuvo en pie, lo tomó por la camisa pero el hombre tiró con todas las fuerzas dormidas de su ser, la tela se desgarró en las manos de la mujer y él abandonó la casa en una veloz carrera de terror hasta que los insultos y amenazas de la Pallina se fueron perdiendo en la ligera bruma de las calles.

Se guardó el arma punzante por dentro del pantalón, debajo del cinto, y siguió corriendo, hasta que pudo tirarse exhausto al piso. No tardó en desplegar un llanto de niño pequeño. Entre profundas bocanadas de aire recordó la pequeña figura de su hermano manco jugando en el encierro forzado de sus padres, en las tardes aburridas de ocio: Hay que ir a la laguna, hay que bañarse desnudos hasta no poder reír más, y que caiga la lluvia sobre el pueblo. Hay que hacerlo. Hay que amar a una mujer extraña que aparece un día invadiendo las soledades del pueblo dormido, revuelta en un enjambre de casas nuevas en los verdes campos del pueblo, en medio de una manada de ricos que quieren este aire limpio, este frescor de la luna llena, tan cercana que basta con estirar la mano. Así vino ella, envuelta en el frío de un resfriado, se plantó un día y dijo que quería algo para la gripe y hay que conquistar la inmensa montaña de su amor ocupado por otro, todo para matar el ocio triste del pueblo, el viento estático que no mueve ni una hoja, porque uno mira los almendros a los que contemplaba de niño a través del ventanal y no los mueve nunca el viento. Hay que buscar a Martín... hay que hacer algo, algo, algo; hay que correr, correr de la Pallina Pérez, tirarse al piso, respirar una y otra vez para recuperar el aire.

Después de lanzar un grito desgarrado abrió los ojos a un cielo de nubes grises, como deformes motas de algodón en el fondo penumbroso del firmamento. Con los sentidos dolidos volteó la cabeza, estaba de espaldas en el piso húmedo de la calle. Reconoció al segundo su entorno, estaba a unas cuadras del Mirador Las Brumas.

Aún en el suelo recordó el suceso que acababa de vivir. Las carnes vastas de Elia López haciendo temblar constantes sus manos, él sobre ella, ella y él hechos uno, y aquel grito de terror, aquel alarido partiendo la noche en dos. Ella debía seguir llorando desconsolada, deberían decirle que hay un ángel sólo para ella esperando en mi sótano. Confortarla de su susto diciéndole que no pasa nada, los brazos de la Pallina Pérez rodeándola, diciéndole que ese buen hombre vino a decirle que tiene un regalo para ella, que la tranquilidad siga reinando en sus días, pero no la soledad, nunca más la soledad porque juntos ahora, los dos, los amaneceres serían sonrisas y yo habré recuperado a mi hermano perdido. Pero no. ¿A dónde ir ahora? En cualquier momento los oficiales de Rodrigo Beltrán llegarían violentos a su casa y no debían encontrarlo allí, tal vez se ensañarían con sus padres ilusos, ignorantes de la inmensa locura en la cabeza de su hijo. Se levantó del piso hecho un triste despojo humano, las ropas rotas y tornó sus pasos en dirección al Mirador Las Brumas, iluminado por los macilentos rayos de luz del alumbrado público.

Fernanda Uzaga lo vio entrar en sus fachas de derrota, dejó la bandeja sobre la barra, la alegría la invadió y él salió a su encuentro cabizbajo.

—Me alegra que haya venido.

—Sólo quiero una mesa, Fernanda.

La muchacha atribuyó su facha de desaliño a la desesperanza feroz de la vida que venía sufriendo Leonidas desde la muerte de Martín Ruiz. Se sorprendió que la hubiera llamado Fernanda, sin el usual diminutivo; le hizo sentir una tibieza en el cuerpo. Sacó su trapo sucio de la bolsa frontal de su delantal y limpió la mesa para su cliente. Leonidas pidió un vaso con agua y sus ojos se clavaron en el aire del bar, inmóvil y a medio llenar. Su mente chueca se fue entre las risas frías de las otras mesas. Vio cómo miles de plumas blancas llovían sobre el pueblo en una mañana fresca de un sol que lo iba dorando todo, cómo las personas iban saliendo de sus casas y extendían sus palmas al cielo, como recogiendo gotas de lluvia. Él caminaba triunfal por la carretera con el demonio vencido a sus pies, retorciéndose impotente, cortando con aquella espada la cabeza de los incrédulos; se iba hacia el sol de los horizontes infinitos de Elia López, que lo esperaba con los brazos abiertos y en llamas para fundirse eternos en un abrazo.

El vaso de agua de Leonidas Parajón seguía lleno y en calma cuando tres policías entraron al bar escudriñando todas las mesas hasta que descubrieron al hombre: un despojo vestido de negro, con las ropas arrugadas y un sombrero de bombín estropeado, con la mirada atenta a locos espejismos frente a un vaso de agua.

Se acercaron a su mesa y lo sacaron de sus ilusiones. El hombre se puso de pie de un salto. Él era un ángel. Sentía sus alas inmensas desplegadas, se sacó del cinto la espada y de un solo tajo hirió en la oreja a uno de los oficiales. El uniformado lanzó un grito y se llevó la mano a la herida. Los otros dos sacaron sus armas, los ojos despavoridos de los clientes observaban la escena mientras abandonaban en bandada sus mesas. Fernanda, convertida en una piedra inmóvil, tuvo la impulsiva intención de interponerse entre Leonidas y las posibles balas, pero el terror echó raíces en sus pies.

Retrocediendo con pasos cautelosos, Leonidas logró alejarse unos metros, la vista fija en los cañones de los oficiales que le apuntaban mientras decían: Tire el arma, déjela en el piso. Eran dos demonios como los que se retorcían a los pies del ángel, como los que lo acechaban entre los árboles cuando era un niño.

Siguió retrocediendo. Que entregue el arma, tírese al piso. Los oficiales avanzaban danzando sobre sus pasos. Leonidas topó su espalda con la baranda del mirador, al borde de la pendiente; volteó la vista un segundo, en algún lugar de aquella oscuridad estaba la laguna. Sintió de nuevo sus alas desplegándose, alas como las de su hermano. En un movimiento veloz y casi felino Leonidas Parajón saltó por la pendiente.

Cayó de bruces sobre la tierra y las piedras, empezó a rodar raspándose el cuerpo. Cuando al fin logró detener su caída sintió como fuego el dolor de sus heridas. Se mantuvo acostado por unos segundos, sólo sintiendo el sabor de la tierra humedecida en su boca. Luego todo era silencio, frío, brisa. Martín, Elia, Bruno, ¿qué debía hacer para reunirse con todos ellos? Con la mujer que quería un ángel, con dos muertos que parecían hablarle desde sus tumbas agitando sus plumas. De entre los matorrales escuchó los pasos de los dos demonios que venían por él, presurosos entre la maleza y las piedras.

Se puso de pie. Entre los árboles del pequeño valle vio el reflejo de la luna clara de aquella noche, y las aguas de la laguna, que lo llamaba seductora, con la promesa de volverlo eterno. Entendió que él podía ser el regalo perfecto, entendió que él podía ser ángel esplendoroso y entrar con viriles alas inmensas por el ventanal de Elia López. Entretanto los pasos de fuego de los demonios se acercaban, ya podía ver sus negras figuras cada vez más cerca. Se echó a correr, pero no de ellos, tenía la certeza de que podía matarlos sin dificultad con aquel metal adherido a su mano; corrió por la necesidad de llegar a la laguna, sorprendido por su torpeza de no haber visto antes el milagro de sus aguas. Siguió corriendo hacia aquel bautizo del que saldría nuevo y luminoso, olvidando que alguna vez le provocaba temor.

Los policías apuraban sus piernas tras aquella sombra veloz que saltaba entre zanjas y rocas del terreno irregular.

Leonidas Parajón corrió sin detenerse hasta que su cuerpo fue cubierto por aquellas mismas aguas de las que había salido temblando hacía tantos años. Se sintió envuelto por mil cuchillos de hielo, sumergido en aquella acuosidad tan extraña para su cuerpo, que de pronto lo cubría todo, le quitaba el aire, lo acercaba al cielo, al lucero de sus muertos....

No me dejés solo… todo se volvió tranquilidad en el dolor de sus pulmones que se llenaban de agua ¿Habría sido así? ¿Hace veinticuatro años habría sido así? ¿Era capaz un niño de apreciar esto? Todo era paz, silencio acariciando sus oídos… De pronto sintió otro dolor, un fuerte dolor en su cabeza, alguien lo tomaba del cabello y lo arrastraba hacia fuera: la mano potente de uno de los policías dentro del agua lo jalaba a la superficie. Una inmensa bocanada de aire le daba vida de nuevo a sus pulmones.

El policía lo acarreó de las profundidades hacia la orilla, donde los esperaban otro compañero y el oficial herido. Lo extrajo con fuerza y dificultad del frío y del agua. Cuando llegaron a tierra, el oficial lanzó a Leonidas contra el piso como un costal de carne inservible. Tomaron aire por un instante. Leonidas Parajón abrió los ojos. Una banda de demonios empezó a golpearlo.

34

ERIC JACOBSON APARECIÓ UNA MAÑANA COMO ELLA siempre lo había imaginado, cortando en dos la niebla que se arrastraba por el jardín. Elia, sentada en el porche de la casa, lo vio acercarse con pisadas seguras, como un gigante saliendo en medio de una explosión de bruma. Había vuelto antes de su viaje de mundo, de los negocios que iba cerrando con éxito en otros países, de sus vacíos apretones de mano a colegas de saco y corbata. Había regresado para sanar las heridas de horror que punzaban en Elia López, para consolarla en medio de las pesadillas de sus noches, de esos sueños agitados de los que despertaba en sobresalto cuando adivinaba una sombra que se acercaba cada vez más al borde de su cama. Tenía miedo a estar sola en una habitación, a cerrar los ojos y ser cegada en la oscuridad de los párpados por el resplandor del inmenso cuchillo que aquella noche reflejaba la luna.

Se abrazaron con las ansias de haber superado todos los granos de un reloj de arena que venía aplastándolos y enterrándolos bajo el peso de una soledad compartida en la distancia. Tenía que verla, sanar el ardor que aparcó en su estómago en el momento que supo la noticia oscura de lo que le había ocurrido a Elia en el pueblo, ese pueblo al que quería llegar para acabar con sus días lejos de ella. Imaginó dentro de aquellos momentos aciagos la necesidad que tendría de sus abrazos, maldijo la distancia, se ahogó en una impotencia honda y espesa. Canceló todo, sus planes, sus reuniones de maratón, todo su papeleo apenas sirvió para rellenar un basurero y volvió con ella.

Cruzó el jardín florido de la casa, de esa casa que ya no sería el escenario de su amor porque había que irse de ella, había que dejarla y maldecir sus paredes, había que escapar lejos de aquel pueblo enfermo y de los recuerdos de amargura intensa que Elia había sufrido allí, su larga espera, sus días grises, la soledad y aquella sombra... Escapar de aquel enfermo farmaceuta que ella veía de reojo en cada rincón, en todas partes aunque él estuviera lejos de allí, encerrado en una celda, una de esas celdas sucias de la capital, aunque Rodrigo Beltrán le dijera Esté tranquila señorita, que la serenidad sea la bandera de sus días porque al loco ese lo tenemos encerrado lejos de aquí y de allí no se escapa, no hay forma de que se fugue o la busque. Pero para Elia López todo el pueblo era ese rostro de ojos rojos como de venado alumbrado, la iglesia, el Mirador, la calle y aquella farmacia a la que la gente dejó de ir cuando se supo todo el embrollo difícil, cuando el pueblo fue despertando a la explosiva noticia de que la imagen del ángel había aparecido en casa de Heliodoro Parajón, que cuando desarmaron a Leonidas en la laguna uno de los policías le arrebató la espada que no había soltado en momento alguno. Lo llevaron a rastras a la estación y allí reconocieron de inmediato aquel trozo de metal.

Volvieron los policías a la casa en la que habían estado más temprano esa noche, preguntando por Leonidas después de que la Pallina Pérez y Elia López llegaran envueltas en nervios torpes a la estación para acusarlo. Revolvieron la casa de arriba abajo, sacudieron las telarañas del tiempo que no pasaba en aquellas estancias, que se congelaba como un aire de muerte. Rodrigo Beltrán fue el primero en bajar los escalones del sótano, el primero en encontrar aquella estatua tirada, quebrada, manca, en el piso, con su eterna mueca de santo, boca arriba, con la mirada fija en el cielo del que lo habían despojado, en medio de un revoltijo de trastes viejos de años y años de la familia, rodeado de viejos juguetes y antiguas ropas de niño que alguien había sacado de un baúl de colores que ahora estaba abierto y vacío.

Hicieron bajar a la pareja de ancianos dueños de la casa para que admiraran el hallazgo. Ambos con ojos llorosos se enfrentaron al último embate doloroso de sus vidas. No habían visto abrirse la zanja de la locura en la cabeza de su hijo, que en esos momentos deliraba en una celda de la estación de policía, entre descripciones incoherentes de ángeles y cielos que se abrían y la mujer deseada y la venida de su hermano muerto a la tierra y de cómo un ángel exterminador vendría a castigar a demonios y monstruos con su espada de furia. Mientras los policías lo golpeaban inmisericordes para que se callara y dejara de agitarse y llorar como un marica, asesino de mierda, loco de mierda.

Una vez en la estación Rodrigo Beltrán tomó con su pañuelo la espada de la estatua de San Miguel, la observaba minucioso a la distancia de su brazo, se recordó a sí mismo levantando la sábana para ver el cuerpo de José Vigil aquella mañana en el atrio empapado de la iglesia. Se preguntó si era ésa el arma con la que Leonidas Parajón había asesinado al hombre, pero descartó la posibilidad en unos segundos:

como luego sabrían todos, Leonidas Parajón había utilizado un simple y vulgar cuchillo de su cocina.

—Ésta se queda aquí, padre, no se la puede llevar –le dijo Beltrán al padre Salinas, que había sido llamado para notificarle que encontraron al asesino y la estatua con el brazo derecho destrozado en un sótano. Habían apresado al malhechor por violación y llevaba consigo la espada del arcángel. Al registrar la casa encontraron la imagen dañada en el sótano.

No, no había sido El Bobo, había que dejarlo reposar en su caja de muerto fastidioso, ya no habría que ir a la casa de Amanda Sánchez y preguntarle, interrogarla y ofenderla diciéndole que su hijo era un asesino. Nunca fue él. Había sido aquella tiniebla, aquel peligroso espectro silencioso en medio de la noche, el mismo hombre con el que unas semanas antes había almorzado frente a frente en la mesa de su sala, compartiendo sin saberlo la misma casa que su ángel perdido.

Con las primeras luces del día siguiente, mientras Elia López seguía sollozando y contando su historia repetidas veces a un mecanógrafo en la estación de Rodrigo Beltrán, Leonidas Parajón era trasladado en una patrulla de la Policía Nacional a la prisión central de la capital, dejando atrás al pueblo sobre las llantas lentas del vehículo. Desde el umbral de su casa, dejando de atender por unos minutos a la abuela agónica, Fernanda Uzaga vio pasar el coche policial hasta que se perdió completo tras una curva. No lloró, no parpadeó, su dolor se iba en ese auto, abrazando y envolviendo los golpes y la piel raspada de Leonidas, sus dedos al aire iban sobando aquella pobre mente en mal estado.

Los días pasaron para Elia López sin importarle que Leonidas Parajón estuviera lejos. Semanas después seguía sintiendo que su aliento la asediaba. Pero no más: Eric Jacobson había regresado para que se fueran de esa tierra oscura, había vuelto para llevársela.

La casa ya estaba vacía y la Pallina Pérez ayudaba a los hombres de la mudanza a cargar las últimas cajas en un camión. La tarde iba cayendo como en una cámara lenta de ocasos de fuego. Mientras se alejaban en el vehículo, bajando la carretera y saliendo de Los Almendros, la mano de Elia López apretó más fuerte la de Eric Jacobson. Atrás quedaba la casa muda, vacía como un cementerio en el que alguna vez habían revoloteado miles de ángeles.

Epílogo

EN LOS PRIMEROS AÑOS DE LA AUSENCIA DE LEONIDAS todo fue más difícil. La casa se fue llenando de una vejez mohosa e irreversible, como si Eugenia de Asís regresara impregnada de los males y dolencias de los ancianos al visitar el asilo al que siguió dedicándole su empeño semana tras otra. Era difícil aceptar que la locura había puesto un ancla pesada en el cerebro de su hijo, verlo permanecer en silencio las horas en su celda solitaria. Únicamente seis meses estuvo en la cárcel central de la ciudad, lo que duró todo el proceso legal, al final del cual tuvo por primera vez la constancia de ser un loco oficial. Salieron a la luz antiguos papeles vergonzosos, que hablaban del niño esquizofrénico que fue alguna vez. Luego de esos, tal vez los más arduos meses de todo su encierro, Leonidas Parajón fue destinado al Hospital General de Psiquiatría, donde entre las inmundicias de los otros internos y los alaridos de los locos violentos, pasaba las horas muertas, con la mirada fija en el aire, y un silencio profundo que se había adueñado de él y era sellado por unos ojos inexpresivos y casi extintos.

Los dos ancianos deambulaban dentro de la casa presos de un desinterés mutuo por la vida funesta que les había tocado llevar. Muchos dejaron de ir a la farmacia, primero por el estigma del escándalo que los había envuelto y luego porque una cadena multinacional abrió una moderna sucursal en Los Almendros. El viejo matrimonio se fue hundiendo espeso en una pobreza lenta hasta que algunos años después don Heliodoro murió en su cama, con una mueca de dolor mudo en el rostro. Eugenia de Asís lo descubrió cuando sintió el frío contacto de su piel muerta en medio de la noche. Pero siguió acostada a su lado, inmóvil y con los ojos abiertos hasta que entraron los primeros rayos de la mañana y pudo dar noticia de la muerte. Muchos en el pueblo fueron sorprendidos al no verla llorar y ella con una voz de anciana dolorida les respondía que ya se le habían agotado todas las lágrimas que tenía enumeradas para la vida. Al final de sus días doña Eugenia de Asís terminó siendo una interna más de la ruinosa casa de retiro, y la última en morirse antes de que el edificio cerrara sus puertas para siempre.

Fernanda Uzaga fue la única que no faltó a las visitas dominicales para Leonidas Parajón, quien a veces en medio de sus ojos muertos parecía reconocerla por instantes. Pero era tan distinta aquella mujer madura de la niña que alguna vez cargaron sus brazos, tan distinta a la muchachita que le extendió en medio de la calle un ángel de porcelana. Pero seguía siendo ella la que con las manos llenas de un candor puro tocaba las mejillas macilentas de un hombre acabado por los dolores de una vida tortuosa. Fernanda recordaba aún la primera vez que lo vio en ese manicomio hacía tantos años, y el dolor que sintió su cuerpo al verlo allí, como ido del mundo, caminando lento y sin rumbo, con su luto perpetuo quebrantado por verse obligado a usar ropa de la caridad que unas monjas rudimentarias llevaban cada seis meses para los internos del hospital.

En casi tres décadas, desde que una mañana la iglesia de aquel pueblo amaneció sin una de sus estatuas, con sus ahorros y el dinero heredado de su tía Jacinta, Fernanda Uzaga había logrado afianzarse como la gerente general de un hotel-restaurante de mediano tamaño en Los Almendros. Lejos estaban aquellos días de mesera en el Mirador Las Brumas, tragado por las tantas y tantas cantinas, bares y centros recreativos que se habían establecido en el borde de la laguna cuando un alcalde moderno decidió reabrir el acceso a las aguas y descubrieron aquellas viejas escaleras de piedra erosionadas por las lluvias y cubiertas por un moho negro.

Después de años en que la casa de los Parajón estuvo sumida en un profundo abandono, Fernanda Uzaga decidió tramitar la custodia del viejo indefenso y estático en que se había convertido Leonidas Parajón, un anciano de cabellos grises y prominentes arrugas que colgaban de su cara demacrada en la que cada vez más se adivinaban las facciones revividas de don Heliodoro. La mujer lo llevó de nuevo a su vieja casa, lo hizo entrar de la mano, volver a aquel pueblo tan distinto en que se había convertido Los Almendros. Retornaba ya no como el gigante que alguna vez había sido en aquellas calles. Regresaba como un anciano común, un hombre apagado por el tiempo y la tragedia.

Observó extrañado aquella estancia que Fernanda Uzaga había mandado a acondicionar con los trabajadores de mantenimiento de su hotel. Observaba atisbando las memorias conglomeradas de años, como ensordecido por el aleteo insomne de los recuerdos que volaban rozándole la cabeza. Fernanda Uzaga lo observó con aquella mirada con que lo había visto tantas veces, algo así como una sonrisa en sus ojos.

A partir de allí Fernanda Uzaga se dio a la tarea de ser la guardiana de un anciano más. Lo visitaba a diario y suplía sus necesidades con cariños inmensos. Había días en los que Leonidas Parajón estaba mejor, en los que podían conversar de los tiempos pasados con una pasión excepcional y rememoraba los cantos de aficionada de su madre en aquella misma sala durante sus programas radiales de flamencos, días en los que hasta parecía percatarse en esas sus lentas caminatas al atardecer del brazo de Fernanda que el pueblo era ahora un monstruo desconocido para él, con aquellas luces y aquella inmensa carretera ampliada, las músicas estridentes que no lograba entender, que iban y venían en los automóviles de los jóvenes. Había otros días sin embargo, la mayoría de ellos, en los que se sumía en el silencio de su memoria, en los que el fulgor de la demencia quemaba su mirada y parecía no reconocer las cosas que lo rodeaban, que parecía ver en Fernanda a alguna desconocida enfermera de sus años en el hospital psiquiátrico. Muchas veces ella lo subía a su vehículo y rodando sobre la carretera lo llevaba hasta la playa. Mientras Fernanda jugaba con las olas mojando su cuerpo de mujer completa, Leonidas se quedaba sentado sobre la arena, otra vez con sus ropas fúnebres, contemplando el mar, atónito. Él, que alguna vez rehuía el agua, que le traía recuerdos de muerte, se quedaba ahí, absorto ante esa inmensidad que no lograba comprender.

Fernanda Uzaga abandonaba la casa al filo de aquellas frías madrugadas y le parecía oír en ecos, en medio de las brumas azules, las risas ebrias de los bares que rodeaban la laguna. Subía a su automóvil y emprendía el camino de vuelta a su casa, que ya no era el mismo cuarto lánguido donde vio morir a su abuela sino la habitación más amplia del hotel que administraba. Una sonrisa tonta la sorprendía en el espejo retrovisor cuando se descubría a sí misma aún sintiendo en su piel el tacto reciente del hombre de su vida. Y Leonidas se quedaba solo en aquella cama, en ese cuarto que había sido de sus padres y pensaba y juraba que Elia López acababa de dejar el lecho, que acababa de abandonarlo en medio de la calidez de sus cuerpos explotando en las galaxias que le corrían por las venas, que se habían levantado sobre el aire por encima de los ángeles de aquella colección inmensa, que ya debía alcanzar niveles monstruosos en cualquier parte del mundo donde estuviera Elia, escapando de los recuerdos de Los Almendros. Se iba quedando dormido con el paso de las horas hasta que la luz inclemente del sol alumbraba la fachada de aquella casa vieja de aires españoles. La misma casa que el pueblo miraba con recelo fantasmal por un sentimiento colectivo, porque en la ribera del tiempo se había ido olvidando la historia del ángel robado, se había ido perdiendo la historia del asesino del pueblo, y Leonidas era visto con ojos lastimeros por sus pasos de hombre cansado. Había cierto temor, decían que estaba loco, nadie se le acercaba, como si en medio de su aura indefensa pudiera tornarse de pronto en un monstruo asesino. Decían que una noche entró a la iglesia vieja y rompió todas las imágenes de los santos, decían que se había robado al Cristo del altar mayor, que con un revólver había entrado a la casa cural y había asesinado a un cura brasileño que había sido párroco de la iglesia. Por eso los niños no se acercaban a las ruinas de aquella iglesia vieja, por el temor al alma en pena del padre Miguel Salinas, que en realidad había sido trasladado a un seminario en Guatemala.

Bandadas de niños llegaban frente a la casa de Leonidas Parajón para adivinarlo entre los cristales cuando cruzara la sala, envuelto en las ropas negras que Fernanda Uzaga le compraba para que siguiera manteniendo el luto perpetuo por su hermano, de quien había recuperado la fotografía diluida y pálida que atesoraban sus padres. Entonces aparecía el anciano loco, y los niños se sobresaltaban con un temor excitante y hacían bromas sobre él hasta que se aburrían y se dispersaban por el pueblo invadido por cibercafés y puestos de juegos de video.

Y allí estaba siempre la foto inmóvil del hermano muerto y el recuerdo fijo de Elia López, a quien no había visto nunca más después de aquella noche azarosa en que sus cuerpos se juntaron por única y trágica vez. No la vio ni siquiera en el juicio de su condena porque arreglaron las audiciones para que la mujer nerviosa no se topase con ese hombre que miraba asustada en cada esquina exaltada de su imaginación. Seguía vivo el recuerdo de su amigo enfermo, de quien a veces se le hacía difícil recordar el rostro entre los estanques de los años pasados, pero lo pescaba siempre sobre las dificultades. ¿Te acordás, Fernanda? Y la mujer que lo tenía en sus brazos le acariciaba el cabello plateado. ¿Te acordás cómo lo llegaban a sacar las hermanitas del Mirador cuando era tarde? Risas y risas de madrugadas llenas. ¿Cómo aplaudía torpe cuando se alegraba? Y Fernanda Sí, sí, siempre me acuerdo de él.

Y caían los inviernos, y volvían las mismas lluvias y el lodo metiéndose a las casas, la laguna escondida por las brumas que descendían sobando las aguas después de un vendaval. Volvía también el aniversario doloroso de la muerte de Bruno y Fernanda decía: Hoy es el aniversario de la muerte de su hermano, y lo sacaba a las calles y le compraba un exuberante ramo de flores coloridas para ir a la tumba.

Llegaron aquella vez al cementerio. Leonidas Parajón, lento, recogiéndose el ruedo de los pantalones para no enlodarse en el piso revuelto del panteón. Un viento fresco corría húmedo y desolado, un silencio demoledor se asentaba sobre las tumbas. Eran las únicas personas allí y Fernanda lo guiaba: Venga, es por aquí, es esta misma de la placa de metal. Una placa que habían mandado a poner entre los dos hacía algún tiempo y que Leonidas parecía reconocer cada año como nueva. Tembloroso, sintiendo bajo sus pies el peso enorme de tantos y tantos huesos.

Me dejó solo en la laguna. Yo lo atendí cuando tenía aquellos ataques convulsivos. Mi amigo, amigo mío de tantas noches. Pobre de mi hijo, que la locura lo apretó con fuerza. Lo recuerdo viniendo silencioso bajo la lluvia y la noche. Sentí mucho miedo. Sacaba espuma por la boca. Fuimos los cómplices de tantas aventuras. Lo vi crecer con su mirada triste todos los días de su vida. Al principio no lo reconocía, no sabía quién era. Nadaba en círculos con un solo brazo. Supe que estaba mal, por eso lo mandé para la capital. ¿Y tus penas de amor, qué se hicieron tus penas de amor? No vimos venir su locura silenciosa. Juro que lo reconocí en el último segundo de mi vida. La lluvia era tan fuerte. Y se le partió la cabeza por culpa de los demonios. Los únicos abrazos de mi vida fueron los tuyos. Cuántas lágrimas por él. No vi el cuchillo, sólo lo sentí partiéndome las entrañas. Pero te recordé a vos en los últimos momentos. Pobre niño pensaba yo. No me pude despedir de vos. Cuánto dolor por él. Quise ver en sus ojos la razón. Hasta el último segundo pensé en él. La eternidad para recordar nuestras noches en las calles. Después todo fue oscuridad. Después todo fue oscuridad. Después todo fue oscuridad. Después todo fue oscuridad. Después todo fue oscuridad.

Las flores sobre la tumba pequeña. Fernanda Uzaga lo observaba estremeciéndose por un temblor extraño, su figura pálida ida del mundo como acariciada por viejas voces. Leonidas inmerso en sus quimeras grises, ya alejándose de la tumba del niño que una vez fue su hermano, y Fernanda buscando con sus manos calmar aquel temblor friolento en el cuerpo del hombre.

Y volvían a la carretera, las casas grandes del pueblo con sus ventanales lujosos espiando la figura de Leonidas Parajón fuera de tiempo. Los Almendros ahogados en nuevas voces y risas, iluminados por los brillantes neones de las noches movidas. Llegaban a la casa bañados por los últimos rayos de un sol invernal. Fernanda Uzaga puso sus labios húmedos sobre la frente de Leonidas Parajón y salió apresurada de la casa, a sus menesteres de mujer ocupada. Él se quedó solo en la sala vacía, frente a la foto vetusta de aquel niño sonriente, con la vista clavada en aquellos ojitos de papel diluido. Sintió más frío el viento que se colaba por las ventanas entreabiertas, más vacía aquella sala de años. Se acordó de una mujer, una morena clara, un jarabe para la tos ¿o había sido una pastilla para la gripe? Quiso de nuevo entrar a las aguas asesinas de la laguna y salir bautizado con el fulgor de sus alas estrenadas, como lo había deseado años atrás. Quiso muchas cosas, las que siempre deseó.

¿Cómo pasaba las horas en el bullicio agitado de aquel pueblo? Entre el revoltijo enorme de palabras, el viento frío enmarañando murmullos, todas aquellas risas, los gritos de amor, las peleas de casa, los radios con un volumen estridente, tenedores chocando contra los platos, carne asándose con lentitud, copas chocando, carros rodando sobre la carretera, sonando sus bocinas ruidosas. En algún cementerio de viejos santos de yeso, entre San Martines descascarados y Vírgenes Marías decapitadas, estaba la imagen descolorida de un arcángel manco, sin balanza y sin espada. El olvido se lo había tragado todo.

Esa noche cuando Fernanda Uzaga regresó a la casa de Leonidas Parajón estuvo largos minutos llamando a la puerta. Los golpes escandalosos de su puño alborotaban los fantasmas que rondaban la sala. Comenzó a impacientarse, un leve sudor brilloso empezó a recorrerle el cuerpo. Caminó hacia la ventana y haciendo un túnel con sus manos acercó su rostro al cristal. Adentro la luz era tenue, parecía como si sólo en ese lugar las cosas estuvieran quietas y en silencio. Tardó en distinguir una sombra inmóvil sentada en una de las sillas frente al altar del difunto, tenía la cabeza baja y los brazos le colgaban muertos. Nadie respiraba dentro de esa casa. Fernanda Uzaga cerró los ojos y se volteó envuelta en un suspiro estrepitoso, se recostó sobre la pared y abrió su vista a la noche. Entre el bullicio del pueblo los dos almendros centenarios parecían marchitos.

Esta obra se imprimió y encuadernó
en el mes de mayo de 2013,
en los talleres de Jaf Gràfiques S.L.,
que se localizan en la
calle Flassaders, 13-15, nave 9,
Polígono Industrial Santiga
08130 Santa Perpetua de la Mogoda (España)